比较文学与世界文学 研究丛书

主编 曹顺庆

三编 第 **16** 册

《闽川闺秀诗话》系列与明清福建女性诗歌（上）

黄晋卿 著

花木兰文化事业有限公司

国家图书馆出版品预行编目资料

《闽川闺秀诗话》系列与明清福建女性诗歌（上）／黄晋卿 著
－－初版－－新北市：花木兰文化事业有限公司，2024〔民
113〕
目 4+118 面；19×26 公分
（比较文学与世界文学研究丛书 三编 第 16 册）
ISBN 978-626-344-815-5（精装）
1.CST：明清文学 2.CST：女性文学 3.CST：诗歌 4.CST：诗评
810.8   113009373

ISBN-978-626-344-815-5

9 786263 448155

比较文学与世界文学研究丛书

三编 第十六册   ISBN：978-626-344-815-5

《闽川闺秀诗话》系列与明清福建女性诗歌（上）

作　　者 黄晋卿
主　　编 曹顺庆
企　　划 四川大学双一流学科暨比较文学研究基地
总 编 辑 杜洁祥
副总编辑 杨嘉乐
编辑主任 许郁翎
编　　辑 潘玟静、蔡正宣　美术编辑 陈逸婷
出　　版 花木兰文化事业有限公司
发 行 人 高小娟
联络地址 台湾 235 新北市中和区中安街七二号十三楼
　　　　　电话：02-2923-1455／传真：02-2923-1452
网　　址 http://www.huamulan.tw 信箱 service@huamulans.com
印　　刷 普罗文化出版广告事业
初　　版 2024 年 9 月
定　　价 三编 26 册（精装）新台币 70,000 元

《闽川闺秀诗话》系列与明清福建女性诗歌（上）

黄晋卿 著

作者简介

黄晋卿；工作单位：河北师范大学学报编辑部，学位：博士；毕业院校：四川大学。

代表作：《清代闺秀的家族游历诗——以福建江田梁氏为中心》，《中国语言文学研究》（CSSCI 来源期刊），2018 年第 2 期；《道教传统下的清代女性诗歌研究》（河北人民出版社，2024）

提　　要

"《闽川闺秀诗话》系列"指的是：梁章钜的《闽川闺秀诗话》，丁芸的《闽川闺秀诗话续编》及《历代闽川闺秀诗话》。梁作首开其端，而丁作在前者基础上而作，具有补充其缺漏，发扬其思想的作用。本书从这三部诗话入手，探讨明清福建闺秀诗人及诗歌保存、遴选、评点、揄扬的内在机制，进而在地域性视野中探讨明清福建闺秀诗人书写的历史脉络。

首先，从家族和地域方面探讨明清福建女性诗歌。主要以郑方坤家族、黄任家族、梁章钜家族女性加以探讨。郑咏谢长于咏物。黄淑畹、黄淑宛诗歌融性情之正与俗趣之谐为一体。梁蓉函、杨渼皋等具有以才气、学问入诗的特点。

其次，探讨明清妇德影响之下福建闺秀诗人的自主书写。传统社会的妇德内化为女性的个体情感和内在约束，发言为诗形成特有的伦理表达。母职是传统女性的重要职责。官宦家族的母教强调学行兼重，而节妇的母教则有更多的存孤意味。此外，闺秀诗人的清贫叙述一方面是现实生活之写照，另外一方面也受了传统士人文化中安贫乐道思想之影响。

再次，探讨戏曲教化与方志书写中的明清福建女性。传统戏曲有教化功能，戏曲影响着女性们，而女性的作为又体现在方志的叙写中。可以说，此类方志与戏曲的基本叙述具有深层模式中的一致性。

最后，关注战乱中的明清福建女性。明清时期的福建有嘉靖倭寇之乱及清初耿精忠叛乱，在战乱中，女性多遭不幸。这些女性进入了此诗话系列也可看到编纂者以诗话存人、存史的态度和用意。

河北师范大学 2019 年度
人文社会科学校内科研基金项目
（S2020B042）

比较文学的中国路径

曹顺庆

自德国作家歌德提出"世界文学"观念以来，比较文学已经走过近二百年。比较文学研究也历经欧洲阶段、美洲阶段而至亚洲阶段，并在每一阶段都形成了独具特色学科理论体系、研究方法、研究范围及研究对象。中国比较文学研究面对东西文明之间不断加深的交流和碰撞现况，立足中国之本，辩证吸纳四方之学，而有了如今欣欣向荣之景象，这套丛书可以说是应运而生。本丛书尝试以开放性、包容性分批出版中国比较文学学者研究成果，以观中国比较文学学术脉络、学术理念、学术话语、学术目标之概貌。

一、百年比较文学争讼之端——比较文学的定义

什么是比较文学？常识告诉我们：比较文学就是文学比较。然而当今中国比较文学教学实际情况却并非完全如此。长期以来，中国学术界对"什么是比较文学？"却一直说不清，道不明。这一最基本的问题，几乎成为学术界纠缠不清、莫衷一是的陷阱，存在着各种不同的看法。其中一些看法严重误导了广大学生！如果不辨析这些严重误导了广大学生的观点，是不负责任、问心有愧的。恰如《文心雕龙·序志》说"岂好辩哉，不得已也"，因此我不得不辩。

其中一个极为容易误导学生的说法，就是"比较文学不是文学比较"。目前，一些教科书郑重其事地指出：比较文学不是文学比较。认为把"比较"与"文学"联系在一起，很容易被人们理解为用比较的方法进行文学研究的意思。并进一步强调，比较文学并不等于文学比较，并非任何运用比较方法来进行的比较研究都是比较文学。这种误导学生的说法几乎成为一个定论，

一个基本常识，其实，这个看法是不完全准确的。

让我们来看看一些具体例证，请注意，我列举的例证，对事不对人，因而不提及具体的人名与书名，请大家理解。在 Y 教授主编的教材中，专门设有一节以"比较文学不是文学比较"为题的内容，其中指出"比较文学界面临的最大的困惑就是把'比较文学'误读为'文学比较'"，在高等院校进行比较文学课程教学时需要重点强调"比较文学不是文学比较"。W 教授主编的教材也称"比较文学不是文学的比较"，因为"不是所有用比较的方法来研究文学现象的都是比较文学"。L 教授在其所著教材专门谈到"比较文学不等于文学比较"，因为，"比较"已经远远超出了一般方法论的意义，而具有了跨国家与民族、跨学科的学科性质，认为将比较文学等同于文学比较是以偏概全的。"J 教授在其主编的教材中指出，"比较文学并不等于文学比较"，并以美国学派雷马克的比较文学定义为根据，论证比较文学的"比较"是有前提的，只有在地域观念上跨越打通国家的界限，在学科领域上跨越打通文学与其他学科的界限，进行的比较研究才是比较文学。在 W 教授主编的教材中，作者认为，"若把比较文学精神看作比较精神的话，就是犯了望文生义的错误，一百余年来，比较文学这个名称是名不副实的。"

从列举的以上教材我们可以看出，首先，它们在当下都仍然坚持"比较文学不是文学比较"这一并不完全符合整个比较文学学科发展事实的观点。如果认为一百余年来，比较文学这个名称是名不副实的，所有的比较文学都不是文学比较，那是大错特错！其次，值得注意的是，这些教材在相关叙述中各自的侧重点还并不相同，存在着不同程度、不同方面的分歧。这样一来，错误的观点下多样的谬误解释，加剧了学习者对比较文学学科性质的错误把握，使得学习者对比较文学的理解愈发困惑，十分不利于比较文学方法论的学习、也不利于比较文学学科的传承和发展。当今中国比较文学教材之所以普遍出现以上强作解释，不完全准确的教科书观点，根本原因还是没有仔细研究比较文学学科不同阶段之史实，甚至是根本不清楚比较文学不同阶段的学科史实的体现。

实际上，早期的比较文学"名"与"实"的确不相符合，这主要是指法国学派的学科理论，但是并不包括以后的美国学派及中国学派的学科理论，如果把所有阶段的学科理论一锅煮，是不妥当的。下面，我们就从比较文学学科发展的史实来论证这个问题。"比较文学不是文学比较""comparative literature is not literary comparison"，只是法国学派提出的比较文学口号，只是法国学派一派的主张，而不是整个比较文学学科的基本特征。我们不能够把这个阶段性的比较文学口号扩大化，甚至让其突破时空，用于描述比较文学所有的阶段和学派，更不能够使其"放之四海而皆准"。

法国学派提出"比较文学不是文学比较"，这个"比较"（comparison）是他们坚决反对的！为什么呢，因为他们要的不是文学"比较"（literary comparison），而是文学"关系"（literary relationship），具体而言，他们主张比较文学是实证的国际文学关系，是不同国家文学的影响关系，influences of different literatures，而不是文学比较。

法国学派为什么要反对"比较"（comparison），这与比较文学第一次危机密切相关。比较文学刚刚在欧洲兴起时，难免泥沙俱下，乱比的情形不断出现，暴露了多种隐患和弊端，于是，其合法性遭到了学者们的质疑：究竟比较文学的科学性何在？意大利著名美学大师克罗齐认为，"比较"（comparison）是各个学科都可以应用的方法，所以，"比较"不能成为独立学科的基石。学术界对于比较文学公然的质疑与挑战，引起了欧洲比较文学学者的震撼，到底比较文学如何"比较"才能够避免"乱比"？如何才是科学的比较？

难能可贵的是，法国学者对于比较文学学科的科学性进行了深刻的的反思和探索，并提出了具体的应对的方法：法国学派采取壮士断臂的方式，砍掉"比较"（comparison），提出比较文学不是文学比较（comparative literature is not literary comparison），或者说砍掉了没有影响关系的平行比较，总结出了只注重文学关系（literary relationship）的影响（influences）研究方法论。法国学派的创建者之一基亚指出，比较文学并不是比较。比较不过是一门名字没取好的学科所运用的一种方法……企图对它的性质下一个严格的定义可能是徒劳的。基亚认为：比较文学不是平行比较，而仅仅是文学关系史。以"文学关系"为比较文学研究的正宗。为什么法国学派要反对比较？或者说为什么法国学派要提出"比较文学不是文学比较"，因为法国学派认为"比较"（comparison）实际上是乱比的根源，或者说"比较"是没有可比性的。正如巴登斯佩哲指出："仅仅对两个不同的对象同时看上一眼就作比较，仅仅靠记忆和印象的拼凑，靠一些主观臆想把可能游移不定的东西扯在一起来找点类似点，这样的比较决不可能产生论证的明晰性"。所以必须抛弃"比较"。只承认基于科学的历史实证主义之上的文学影响关系研究（based on scientificity and positivism and literary influences.）。法国学派的代表学者卡雷指出：比较文学是实证性的关系研究："比较文学是文学史的一个分支：它研究拜伦与普希金、歌德与卡莱尔、瓦尔特·司各特与维尼之间，在属于一种以上文学背景的不同作品、不同构思以及不同作家的生平之间所曾存在过的跨国度的精神交往与实际联系。"正因为法国学者善于独辟蹊径,敢于提出"比较文学不是文学比较"，甚至完全抛弃比较（comparison），以防止"乱比"，才形成了一套建立在"科学"实证性为基础的、以影响关系为特征的"不比较"的比较文学学科理论体系，这终于挡住了克罗齐等人对比较文学"乱比"的批判，形成了以"科学"实证为特征的文学影响关系研究，确立了法国学派的学科理论和一整套方法论体系。当然，法国学派悍然砍掉比较研究，又不放弃"比较文学"这个名称，于是不可避免地出现了比较文学名不副实的尴尬现象，出现了打着比较文学名号，而又不比较的法国学派学科理论，这才是问题的关键。

当然，法国学派提出"比较文学不是文学比较"，只注重实证关系而不注重文学比较和文学审美，必然会引起比较文学的危机。这一危机终于由美国著名比较文学家韦勒克（René Wellek）在 1958 年国际比较文学协会第二次大会上明确揭示出来了。在这届年会上，韦勒克作了题为《比较文学的危机》的挑战性发言，对"不比较"的法国学派进行了猛烈批判，宣告了倡导平行比较和注重文学审美的比较文学美国学派的诞生。韦勒克作了题为《比较文学的危机》的挑战性发言，对当时一统天下的法国学派进行了猛烈批判，宣告了比较文学美国学派的诞生。韦勒克说："我认为，内容和方法之间的人为界线，渊源和影响的机械主义概念，以及尽管是十分慷慨的但仍属文化民族主义的动机，是比较文学研究中持久危机的症状。"韦勒克指出："比较也不能仅仅局限在历史上的事实联系中，正如最近语言学家的经验向文学研究者表明的那样，比较的价值既存在于事实联系的影响研究中，也存在于毫无历史关系的语言现象或类型的平等对比中。"很明显，韦勒克提出了比较文学就是要比较（comparison），就是要恢复巴登斯佩哲所讽刺和抛弃的"找点类似点"的平行比较研究。美国著名比较文学家雷马克（Henry Remak）在他的著名论文《比较文学的定义与功用》中深刻地分析了法国学派为什么放弃"比较"（comparison）的原因和本质。他分析说："法国比较文学否定'纯粹'的比较（comparison），它忠实于十九世纪实证主义学术研究的传统，即实证主义所坚持并热切期望的文学研究的'科学性'。按照这种观点，纯粹的类比不会得出任何结论，尤其是不能得出有更大意义的、系统的、概括性的结论。……既然值得尊重的科学必须致力于因果关系的探索，而比较文学必须具有科学性，因此，比较文学应该研究因果关系，即影响、交流、变更等。"雷马克进一步尖锐地指出，"比较文学"不是"影响文学"。只讲影响不要比较的"比较文学"，当然是名不副实的。显然，法国学派抛弃了"比较"（comparison），但是仍然带着一顶"比较文学"的帽子，才造成了比较文学"名"与"实"不相符合，造成比较文学不比较的尴尬，这才是问题的关键。

美国学派最大的贡献，是恢复了被法国学派所抛弃的比较文学应有的本义——"比较"（The American school went back to the original sense of comparative literature——"comparison"），美国学派提出了标志其学派学科理论体系的平行比较和跨学科比较："比较文学是一国文学与另一国或多国文学的比较，是文学与人类其他表现领域的比较。"显然，自从美国学派倡导比较文学应当比较（comparison）以后，比较文学就不再有名与实不相符合的问题了，我们就不应当再继续笼统地说"比较文学不是文学比较"了，不应当再以"比较文学不是文学比较"来误导学生！更不可以说"一百余年来，比较文学这个名称是名不副实的。"不能够将雷马克的观点也强行解释为"比较文学不是比较"。因为在美国学派看来，比较文学就是要比较（comparison）。比较文学就是要恢复被巴登斯佩哲所讽刺和抛弃的"找点类似点"的平行比较研究。因为平行研究的可比性，正是类同性。正如韦勒克所说，"比较的价值既存在于事实联系的影响研究中，也存在于毫无历史关系的语言现象或类型的平等对比中。"恢复平行比较研究、跨学科研究，形成了以"找点类似点"的平行研究和跨学科研究为特征的比较文学美国学派学科理论和方法论体系。美国学派的学科理论以"类型学"、"比较诗学"、"跨学科比较"为主，并拓展原属于影响研究的"主题学"、"文类学"等领域，大大扩展比较文学研究领域。

二、比较文学的三个阶段

下面，我们从比较文学的三个学科理论阶段，进一步剖析比较文学不同阶段的学科理论特征。现代意义上的比较文学学科发展以"跨越"与"沟通"为目标，形成了类似"层叠"式、"涟漪"式的发展模式，经历了三个重要的学科理论阶段，即：

一、欧洲阶段，比较文学的成形期；二、美洲阶段，比较文学的转型期；三、亚洲阶段，比较文学的拓展期。我们将比较文学三个阶段的发展称之为"涟漪式"结构，实际上是揭示了比较文学学科理论的继承与创新的辩证关系：比较文学学科理论的发展，不是以新的理论否定和取代先前的理论，而是层叠式、累进式地形成"涟漪"式的包容性发展模式，逐步积累推进。比较文学学科理论发展呈现为层叠式、"涟漪"式、包容式的发展模式。我们把这个模式描绘如下：

法国学派主张比较文学是国际文学关系，是不同国家文学的影响关系。形成学科理论第一圈层：比较文学——影响研究；美国学派主张恢复平行比较，形成学科理论第二圈层：比较文学——影响研究＋平行研究＋跨学科研究；中国学派提出跨文明研究和变异研究，形成学科理论第三圈层：比较文学——影响研究＋平行研究＋跨学科研究＋跨文明研究＋变异研究。这三个圈层并不互相排斥和否定，而是继承和包容。我们将比较文学三个阶段的发展称之为层叠式、"涟漪"式、包容式结构，实际上是揭示了比较文学学科理论的继承与创新的辩证关系。

法国学派提出，可比性的第一个立足点是同源性，由关系构成的同源性。同源性主要是针对影响关系研究而言的。法国学派将同源性视作可比性的核心，认为影响研究的可比性是同源性。所谓同源性，指的是通过对不同国家、不同民族和不同语言的文学的文学关系研究，寻求一种有事实联系的同源关系，这种影响的同源关系可以通过直接、具体的材料得以证实。同源性往往建立在一条可追溯关系的三点一线的"影响路线"之上，这条路线由发送者、接受者和传递者三部分构成。如果没有相同的源流，也就不可能有影响关系，也就谈不上可比性，这就是"同源性"。以渊源学、流传学和媒介学作为研究的中心，依靠具体的事实材料在国别文学之间寻求主题、题材、文体、原型、思想渊源等方面的同源影响关系。注重事实性的关联和渊源性的影响，并采用严谨的实证方法，重视对史料的搜集和求证，具有重要的学术价值与学术意义，仍然具有广阔的研究前景。渊源学的例子：杨宪益，《西方十四行诗的渊源》。

比较文学学科理论的第二阶段在美洲，第二阶段是比较文学学科理论的转型期。从 20 世纪 60 年代以来，比较文学研究的主要阵地逐渐从法国转向美国，平行研究的可比性是什么？是类同性。类同性是指是没有文学影响关系的不同国家文学所表现出的相似和契合之处。以类同性为基本立足点的平行研究与影响研究一样都是超出国界的文学研究，但它不涉及影响关系研究的放送、流传、媒介等问题。平行研究强调不同国家的作家、作品、文学现象的类同比较，比较结果是总结出于文学作品的美学价值及文学发展具有规律性的东西。其比较必须具有可比性，这个可比性就是类同性。研究文学中类同的：风格、结构、内容、形式、流派、情节、技巧、手法、情调、形象、主题、文类、文学思潮、文学理论、文学规律。例如钱钟书《通感》认为，中国诗文有一种描写手法，古代批评家和修辞学家似乎都没有拈出。宋祁《玉楼春》词有句名句："红杏枝头春意闹。"这与西方的通感描写手法可以比较。

比较文学的又一次危机：比较文学的死亡

九十年代，欧美学者提出，比较文学作为一门学科已经死亡！最早是英国学者苏珊·巴斯奈特 1993 年她在《比较文学》一书中提出了比较文学的死亡论，认为比较文学作为一门学科，在某种意义上已经死亡。尔后，美国学者斯皮瓦克写了一部比较文学专著，书名就叫《一个学科的死亡》。为什么比较文学会死亡，斯皮瓦克的书中并没有明确回答！为什么西方学者会提出比较文学死亡论？全世界比较文学界都十分困惑。我们认为，20 世纪 90 年代以来，欧美比较文学继"理论热"之后，又出现了大规模的"文化转向"。脱离了比较文学的基本立场。首先是不比较，即不讲比较文学的可比性问题。西方比较文学研究充斥大量的 Culture Studies（文化研究），已经不考虑比较的合理性，不考虑比较文学的可比性问题。第二是不文学，即不关心文学问题。西方学者热衷于文化研究，关注的已经不是文学性，而是精神分析、政治、性别、阶级、结构等等。最根本的原因，是比较文学学科长期囿于西方中心论，有意无意地回避东西方不同文明文学的比较问题，基本上忽略了学科理论的新生长点，比较文学学科理论缺乏创新，严重忽略了比较文学的差异性和变异性。

要克服比较文学的又一次危机，就必须打破西方中心论，克服比较文学学科理论一味求同的比较文学学科理论模式，提出适应当今全球化比较文学研究的新话语。中国学派，正是在此次危机中，提出了比较文学变异学研究，总结出了新的学科理论话语和一套新的方法论。

中国大陆第一部比较文学概论性著作是卢康华、孙景尧所著《比较文学导论》，该书指出："什么是比较文学？现在我们可以借用我国学者季羡林先生的解释来回答了：'顾名思义，比较文学就是把不同国家的文学拿出来比较，这可以说是狭义的比较文学。广义的比较文学是把文学同其他学科来比较，包括人文科学和社会科学'。"[1]这个定义可以说是美国雷马克定义的翻版。不过，该书又接着指出："我们认为最精炼易记的还是我国学者钱钟书先生的说法：'比较文学作为一门专门学科，则专指跨越国界和语言界限的文学比较'。更具体地说，就是把不同国家不同语言的文学现象放在一起进行比较，研究他们在文艺理论、文学思潮，具体作家、作品之间的互相影响。"[2]这个定义似乎更接近法国学派的定义，没有强调平行比较与跨学科比较。紧接该书之后的教材是陈挺的《比较文学简编》，该书仍旧以"广义"与"狭义"来解释比较文学的定义，指出："我们认为，通常说的比较文学是狭义的，即指超越国家、民族和语言界限的文学研究……广义的比较文学还可以包括文学与其他艺术（音乐、绘画等）与其他意识形态（历史、哲学、政治、宗教等）之间的相互关系的研究。"[3]中国比较文学早期对于比较文学的定义中凸显了很强的不确定性。

由乐黛云主编，高等教育出版社 1988 年的《中西比较文学教程》，则对比较文学定义有了较为深入的认识，该书在详细考查了中外不同的定义之后，该书指出："比较文学不应受到语言、民族、国家、学科等限制，而要走向一种开放性，力图寻求世界文学发展的共同规律。"[4]"世界文学"概念的纳入极大拓宽了比较文学的内涵，为"跨文化"定义特征的提出做好了铺垫。

随着时间的推移，学界的认识逐步深化。1997 年，陈惇、孙景尧、谢天振主编的《比较文学》提出了自己的定义："把比较文学看作跨民族、跨语言、跨文化、跨学科的文学研究，更符合比较文学的实质，更能反映现阶段人们对于比较文学的认识。"[5]2000 年北京师范大学出版社出版了《比较文学概论》修订本，提出："什么是比较文学呢？比较文学是一种开放式的文学研究，它具有宏观的视野和国际的角度，以跨民族、跨语言、跨文化、跨学科界限的各种文学关系为研究对象，在理论和方法上，具有比较的自觉意识和兼容并包的特色。"[6]这是我们目前所看到的国内较有特色的一个定义。

1 卢康华、孙景尧著《比较文学导论》，黑龙江人民出版社 1984，第 15 页。
2 卢康华、孙景尧著《比较文学导论》，黑龙江人民出版社 1984 年版。
3 陈挺《比较文学简编》，华东师范大学出版社 1986 年版。
4 乐黛云主编《中西比较文学教程》，高等教育出版社 1988 年版。
5 陈惇、孙景尧、谢天振主编《比较文学》，高等教育出版社 1997 年版。
6 陈惇、刘象愚《比较文学概论》，北京师范大学出版社 2000 年版。

具有代表性的比较文学定义是 2002 年出版的杨乃乔主编的《比较文学概论》一书，该书的定义如下："比较文学是以跨民族、跨语言、跨文化与跨学科为比较视域而展开的研究，在学科的成立上以研究主体的比较视域为安身立命的本体，因此强调研究主体的定位，同时比较文学把学科的研究客体定位于民族文学之间与文学及其他学科之间的三种关系：材料事实关系、美学价值关系与学科交叉关系，并在开放与多元的文学研究中追寻体系化的汇通。"[7]方汉文则认为："比较文学作为文学研究的一个分支学科，它以理解不同文化体系和不同学科间的同一性和差异性的辩证思维为主导，对那些跨越了民族、语言、文化体系和学科界限的文学现象进行比较研究，以寻求人类文学发生和发展的相似性和规律性。"[8]由此而引申出的"跨文化"成为中国比较文学学者对于比较文学定义所做出的历史性贡献。

我在《比较文学教程》中对比较文学定义表述如下："比较文学是以世界性眼光和胸怀来从事不同国家、不同文明和不同学科之间的跨越式文学比较研究。它主要研究各种跨越中文学的同源性、变异性、类同性、异质性和互补性，以影响研究、变异研究、平行研究、跨学科研究、总体文学研究为基本方法论，其目的在于以世界性眼光来总结文学规律和文学特性，加强世界文学的相互了解与整合，推动世界文学的发展。"[9]在这一定义中，我再次重申"跨国""跨学科""跨文明"三大特征，以"变异性""异质性"突破东西文明之间的"第三堵墙"。

"首在审己，亦必知人"。中国比较文学学者在前人定义的不断论争中反观自身，立足中国经验、学术传统，以中国学者之言为比较文学的危机处境贡献学科转机之道。

三、两岸共建比较文学话语——比较文学中国学派

中国学者对于比较文学定义的不断明确也促成了"比较文学中国学派"的生发。得益于两岸几代学者的垦拓耕耘，这一议题成为近五十年来中国比较文学发展中竖起的最鲜明、最具争议性的一杆大旗，同时也是中国比较文学学科理论研究最有创新性，最亮丽的一道风景线。

---

7 杨乃乔主编《比较文学概论》，北京大学出版社 2002 年版。
8 方汉文《比较文学基本原理》，苏州大学出版社 2002 年版。
9 曹顺庆《比较文学教程》，高等教育出版社 2006 年版。

比较文学"中国学派"这一概念所蕴含的理论的自觉意识最早出现的时间大约是 20 世纪 70 年代。当时的台湾由于派出学生留洋学习，接触到大量的比较文学学术动态，率先掀起了中外文学比较的热潮。1971 年 7 月在台湾淡江大学召开的第一届"国际比较文学会议"上，朱立元、颜元叔、叶维廉、胡辉恒等学者在会议期间提出了比较文学的"中国学派"这一学术构想。同时，李达三、陈鹏翔（陈慧桦）、古添洪等致力于比较文学中国学派早期的理论催生。如 1976 年，古添洪、陈慧桦出版了台湾比较文学论文集《比较文学的垦拓在台湾》。编者在该书的序言中明确提出："我们不妨大胆宣言说，这援用西方文学理论与方法并加以考验、调整以用之于中国文学的研究，是比较文学中的中国派"[10]。这是关于比较文学中国学派较早的说明性文字，尽管其中提到的研究方法过于强调西方理论的普世性，而遭到美国和中国大陆比较文学学者的批评和否定；但这毕竟是第一次从定义和研究方法上对中国学派的本质进行了系统论述，具有开拓和启明的作用。后来，陈鹏翔又在台湾《中外文学》杂志上连续发表相关文章，对自己提出的观点作了进一步的阐释和补充。

在"中国学派"刚刚起步之际，美国学者李达三起到了启蒙、催生的作用。李达三于 60 年代来华在台湾任教，为中国比较文学培养了一批朝气蓬勃的生力军。1977 年 10 月，李达三在《中外文学》6 卷 5 期上发表了一篇宣言式的文章《比较文学中国学派》，宣告了比较文学的中国学派的建立，并认为比较文学中国学派旨在"与比较文学中早已定于一尊的西方思想模式分庭抗礼。由于这些观念是源自对中国文学及比较文学有兴趣的学者，我们就将含有这些观念的学者统称为比较文学的'中国'学派。"并指出中国学派的三个目标：1、在自己本国的文学中，无论是理论方面或实践方面，找出特具"民族性"的东西，加以发扬光大，以充实世界文学；2、推展非西方国家"地区性"的文学运动，同时认为西方文学仅是众多文学表达方式之一而已；3、做一个非西方国家的发言人，同时并不自诩能代表所有其他非西方的国家。李达三后来又撰文对比较文学研究状况进行了分析研究，积极推动中国学派的理论建设。[11]

继中国台湾学者垦拓之功，在 20 世纪 70 年代末复苏的大陆比较文学研

---

10 古添洪、陈慧桦《比较文学的垦拓在台湾》，台湾东大图书公司 1976 年版。
11 李达三《比较文学研究之新方向》，台湾联经事业出版公司 1978 年版。

究亦积极参与了"比较文学中国学派"的理论建设和学科建设。

季羡林先生 1982 年在《比较文学译文集》的序言中指出："以我们东方文学基础之雄厚，历史之悠久，我们中国文学在其中更占有独特的地位，只要我们肯努力学习，认真钻研，比较文学中国学派必然能建立起来，而且日益发扬光大"[12]。1983 年 6 月，在天津召开的新中国第一次比较文学学术会议上，朱维之先生作了题为《比较文学中国学派的回顾与展望》的报告，在报告中他旗帜鲜明地说："比较文学中国学派的形成（不是建立）已经有了长远的源流，前人已经做出了很多成绩，颇具特色，而且兼有法、美、苏学派的特点。因此，中国学派绝不是欧美学派的尾巴或补充"[13]。1984 年，卢康华、孙景尧在《比较文学导论》中对如何建立比较文学中国学派提出了自己的看法，认为应当以马克思主义作为自己的理论基础，以我国的优秀传统与民族特色为立足点与出发点，汲取古今中外一切有用的营养，去努力发展中国的比较文学研究。同年在《中国比较文学》创刊号上，朱维之、方重、唐弢、杨周翰等人认为中国的比较文学研究应该保持不同于西方的民族特点和独立风貌。1985 年，黄宝生发表《建立比较文学的中国学派：读〈中国比较文学〉创刊号》，认为《中国比较文学》创刊号上多篇讨论比较文学中国学派的论文标志着大陆对比较文学中国学派的探讨进入了实际操作阶段。[14]1988 年，远浩一提出"比较文学是跨文化的文学研究"（载《中国比较文学》1988 年第 3 期）。这是对比较文学中国学派在理论特征和方法论体系上的一次前瞻。同年，杨周翰先生发表题为"比较文学：界定'中国学派'，危机与前提"（载《中国比较文学通讯》1988 年第 2 期），认为东方文学之间的比较研究应当成为"中国学派"的特色。这不仅打破比较文学中的欧洲中心论，而且也是东方比较学者责无旁贷的任务。此外，国内少数民族文学的比较研究，也应该成为"中国学派"的一个组成部分。所以，杨先生认为比较文学中的大量问题和学派问题并不矛盾，相反有助于理论的讨论。1990 年，远浩一发表"关于'中国学派'"（载《中国比较文学》1990 年第 1 期），进一步推进了"中国学派"的研究。此后直到 20 世纪 90 年代末，中国学者就比较文学中国学派的建立、理论与方法以及相应的学科理论等诸多问题进行了积极而富有成效的探讨。

---

12 张隆溪《比较文学译文集》，北京大学出版社 1984 年版。

13 朱维之《比较文学论文集》，南开大学出版社 1984 年版。

14 参见《世界文学》1985 年第 5 期。

刘介民、远浩一、孙景尧、谢天振、陈淳、刘象愚、杜卫等人都对这些问题付出过不少努力。《暨南学报》1991 年第 3 期发表了一组笔谈，大家就这个问题提出了意见，认为必须打破比较文学研究中长期存在的法美研究模式，建立比较文学中国学派的任务已经迫在眉睫。王富仁在《学术月刊》1991 年第 4 期上发表"论比较文学的中国学派问题"，论述中国学派兴起的必然性。而后，以谢天振等学者为代表的比较文学研究界展开了对"X+Y"模式的批判。比较文学在大陆复兴之后，一些研究者采取了"X+Y"式的比附研究的模式，在发现了"惊人的相似"之后便万事大吉，而不注意中西巨大的文化差异性，成为了浅度的比附性研究。这种情况的出现，不仅是中国学者对比较文学的理解上出了问题，也是由于法美学派研究理论中长期存在的研究模式的影响，一些学者并没有深思中国与西方文学背后巨大的文明差异性，因而形成"X+Y"的研究模式，这更促使一些学者思考比较文学中国学派的问题。

经过学者们的共同努力，比较文学中国学派一些初步的特征和方法论体系逐渐凸显出来。1995 年，我在《中国比较文学》第 1 期上发表《比较文学中国学派基本理论特征及其方法论体系初探》一文，对比较文学在中国复兴十余年来的发展成果作了总结，并在此基础上总结出中国学派的理论特征和方法论体系，对比较文学中国学派作了全方位的阐述。继该文之后，我又发表了《跨越第三堵'墙'创建比较文学中国学派理论体系》等系列论文，论述了以跨文化研究为核心的"中国学派"的基本理论特征及其方法论体系。这些学术论文发表之后在国内外比较文学界引起了较大的反响。台湾著名比较文学学者古添洪认为该文"体大思精，可谓已综合了台湾与大陆两地比较文学中国学派的策略与指归，实可作为'中国学派'在大陆再出发与实践的蓝图"15。

在我撰文提出比较文学中国学派的基本特征及方法论体系之后，关于中国学派的论争热潮日益高涨。反对者如前国际比较文学学会会长佛克马（Douwe Fokkema）1987 年在中国比较文学学会第二届学术讨论会上就从所谓的国际观点出发对比较文学中国学派的合法性提出了质疑，并坚定地反对建立比较文学中国学派。来自国际的观点并没有让中国学者失去建立比较文学中国学派的热忱。很快中国学者智量先生就在《文艺理论研究》1988 年第

---

15 古添洪《中国学派与台湾比较文学界的当前走向》，参见黄维梁编《中国比较文学理论的垦拓》167 页，北京大学出版社 1998 年版。

1 期上发表题为《比较文学在中国》一文，文中援引中国比较文学研究取得的成就，为中国学派辩护，认为中国比较文学研究成绩和特色显著，尤其在研究方法上足以与比较文学研究历史上的其他学派相提并论，建立中国学派只会是一个有益的举动。1991 年，孙景尧先生在《文学评论》第 2 期上发表《为"中国学派"一辩》，孙先生认为佛克马所谓的国际主义观点实质上是"欧洲中心主义"的观点，而"中国学派"的提出，正是为了清除东西方文学与比较文学学科史中形成的"欧洲中心主义"。在 1993 年美国印第安纳大学举行的全美比较文学会议上，李达三仍然坚定地认为建立中国学派是有益的。二十年之后，佛克马教授修正了自己的看法，在 2007 年 4 月的"跨文明对话——国际学术研讨会（成都）"上，佛克马教授公开表示欣赏建立比较文学中国派的想法[16]。即使学派争议一派繁荣景象，但最终仍旧需要落点于学术创见与成果之上。

比较文学变异学便是中国学派的一个重要理论创获。2005 年，我正式在《比较文学学》[17]中提出比较文学变异学，提出比较文学研究应该从"求同"思维中走出来，从"变异"的角度出发，拓宽比较文学的研究。通过前述的法、美学派学科理论的梳理，我们也可以发现前期比较文学学科是缺乏"变异性"研究的。我便从建构中国比较文学学科理论话语体系入手，立足《周易》的"变异"思想，建构起"比较文学变异学"新话语，力图以中国学者的视角为全世界比较文学学科理论提供一个新视角、新方法和新理论。

比较文学变异学的提出根植于中国哲学的深层内涵，如《周易》之"易之三名"所构建的"变易、简易、不易"三位一体的思辨意蕴与意义生成系统。具体而言，"变易"乃四时更替、五行运转、气象畅通、生生不息；"不易"乃天上地下、君南臣北、纲举目张、尊卑有位；"简易"则是乾以易知、坤以简能、易则易知、简则易从。显然，在这个意义结构系统中，变易强调"变"，不易强调"不变"，简易强调变与不变之间的基本关联。万物有所变，有所不变，且变与不变之间存在简单易从之规律，这是一种思辨式的变异模式，这种变异思维的理论特征就是：天人合一、物我不分、对立转化、整体关联。这是中国古代哲学最重要的认识论，也是与西方哲学所不同的"变异"思想。

---

16 见《比较文学报》2007 年 5 月 30 日，总第 43 期。
17 曹顺庆《比较文学学》，四川大学出版社 2005 年版。

由哲学思想衍生于学科理论，比较文学变异学是"指对不同国家、不同文明的文学现象在影响交流中呈现出的变异状态的研究，以及对不同国家、不同文明的文学相互阐发中出现的变异状态的研究。通过研究文学现象在影响交流以及相互阐发中呈现的变异，探究比较文学变异的规律。"[18]变异学理论的重点在求"异"的可比性，研究范围包含跨国变异研究、跨语际变异研究、跨文化变异研究、跨文明变异研究、文学的他国化研究等方面。比较文学变异学所发现的文化创新规律、文学创新路径是基于中国所特有的术语、概念和言说体系之上探索出的"中国话语"，作为比较文学第三阶段中国学派的代表性理论已经受到了国际学界的广泛关注与高度评价，中国学术话语产生了世界性影响。

四、国际视野中的中国比较文学

文明之墙让中国比较文学学者所提出的标识性概念获得国际视野的接纳、理解、认同以及运用，经历了跨语言、跨文化、跨文明的多重关卡，国际视野下的中国比较文学书写亦经历了一个从"遍寻无迹""只言片语"而"专篇专论"，从最初的"话语乌托邦"至"阶段性贡献"的过程。

二十世纪六十年代以来港台学者致力于从课程教学、学术平台、人才培养，国内外学术合作等方面巩固比较文学这一新兴学科的建立基石，如淡江文理学院英文系开设的"比较文学"（1966），香港大学开设的"中西文学关系"（1966）等课程；台湾大学外文系主编出版之《中外文学》月刊、淡江大学出版之《淡江评论》季刊等比较文学研究专刊；后又有台湾比较文学学会（1973 年）、香港比较文学学会（1978）的成立。在这一系列的学术环境构建下，学者前贤以"中国学派"为中国比较文学话语核心在国际比较文学学科理论、方法论中持续探讨，率先启声。例如李达三在 1980 年香港举办的东西方比较文学学术研讨会成果中选取了七篇代表性文章，以 *Chinese-Western Comparative Literature: Theory and Strategy* 为题集结出版，[19]并在其结语中附上那篇"中国学派"宣言文章以申明中国比较文学建立之必要。

学科开山之际，艰难险阻之巨难以想象，但从国际学者相关言论中可见西方对于中国比较文学学科的发展抱有的希望渺小。厄尔·迈纳（Earl Miner）

---

18 曹顺庆主编《比较文学概论》，高等教育出版社 2015 年版。

19 *Chinese-Western Comparative Literature：Theory & Strategy*, Chinese Univ Pr.1980-6

在 1987 年发表的 *Some Theoretical and Methodological Topics for Comparative Literature* 一文中谈到当时西方的比较文学鲜有学者试图将非西方材料纳入西方的比较文学研究中。（until recently there has been little effort to incorporate non-Western evidence into Western com- parative study.）1992 年，斯坦福大学教授 David Palumbo-Liu 直接以《话语的乌托邦：论中国比较文学的不可能性》为题（*The Utopias of Discourse: On the Impossibility of Chinese Comparative Literature*）直言中国比较文学本质上是一项"乌托邦"工程。（My main goal will be to show how and why the task of Chinese comparative literature, particularly of pre-modern literature, is essentially a *utopian* project.）这些对于中国比较文学的诘难与质疑，今美国加州大学圣地亚哥分校文学系主任张英进教授在其 1998 编著的 *China in a polycentric world: essays in Chinese comparative literature* 前言中也不得不承认中国比较文学研究在国际学术界中仍然处于边缘地位（The fact is, however, that Chinese comparative literature remained marginal in academia, even though it has developed closely with the rest of literary studies in the United Stated and even though China has gained increasing importance in the geopolitical world order over the past decades.）。[20]但张英进教授也展望了下一个千年中国比较文学研究的蓝景。

新的千年新的气象，"世界文学""全球化"等概念的冲击下，让西方学者开始注意到东方，注意到中国。如普渡大学教授斯蒂文·托托西（Tötösy de Zepetnek, Steven）1999 年发长文 *From Comparative Literature Today Toward Comparative Cultural Studies* 阐明比较文学研究更应该注重文化的全球性、多元性、平等性而杜绝等级划分的参与。托托西教授注意到了在法德美所谓传统的比较文学研究重镇之外，例如中国、日本、巴西、阿根廷、墨西哥、西班牙、葡萄牙、意大利、希腊等地区，比较文学学科得到了出乎意料的发展（emerging and developing strongly）。在这篇文章中，托托西教授列举了世界各地比较文学研究成果的著作，其中中国地区便是北京大学乐黛云先生出版的代表作品。托托西教授精通多国语言，研究视野也常具跨越性，新世纪以来也致力于以跨越性的视野关注世界各地比较文学研究的动向。[21]

---

20 Moran T . Yingjin Zhang, Ed. China in a Polycentric World: Essays in Chinese Comparative Literature[J].现代中文文学学报,2000,4(1):161-165.

21 Tötösy de Zepetnek, Steven. "From Comparative Literature Today Toward Comparative Cultural Studies." CLCWeb: Comparative Literature and Culture 1.3 (1999):

以上这些国际上不同学者的声音一则质疑中国比较文学建设的可能性，一则观望着这一学科在非西方国家的复兴样态。争议的声音不仅在国际学界，国内学界对于这一新兴学科的全局框架中涉及的理论、方法以及学科本身的立足点，例如前文所说的比较文学的定义，中国学派等等都处于持久论辩的漩涡。我们也通晓如果一直处于争议的漩涡中，便会被漩涡所吞噬，只有将论辩化为成果，才能转漩涡为涟漪，一圈一圈向外辐射，国际学人也在等待中国学者自己的声音。

上海交通大学王宁教授作为中国比较文学学者的国际发声者自 20 世纪末至今已撰文百余篇，他直言，全球化给西方学者带来了学科死亡论，但是中国比较文学必将在这全球化语境中更为兴盛，中国的比较文学学者一定会对国际文学研究做出更大的贡献。新世纪以来中国学者也不断地将自身的学科思考成果呈现在世界之前。2000 年，北京大学周小仪教授发文（*Comparative Literature in China*）[22]率先从学科史角度构建了中国比较文学在两个时期（20 世纪 20 年代至 50 年代，70 年代至 90 年代）的发展概貌，此文关于中国比较文学的复兴崛起是源自中国文学现代性的产生这一观点对美国芝加哥大学教授苏源熙（Haun Saussy）影响较深。苏源熙在 2006 年的专著 *Comparative Literature in an Age of Globalization* 中对于中国比较文学的讨论篇幅极少，其中心便是重申比较文学与中国文学现代性的联系。这篇文章也被哈佛大学教授大卫·达姆罗什（David Damrosch）收录于《普林斯顿比较文学资料手册》（*The Princeton Sourcebook in Comparative Literature*，2009[23]）。类似的学科史介绍在英语世界与法语世界都接续出现，以上大致反映了中国学者对于中国比较文学研究的大概描述在西学界的接受情况。学科史的构架对于国际学术对中国比较文学发展脉络的把握很有必要，但是在此基础上的学科理论实践才是关系于中国比较文学学科国际性发展的根本方向。

我在 20 世纪 80 年代以来 40 余年间便一直思考比较文学研究的理论构建问题，从以西方理论阐释中国文学而造成的中国文艺理论"失语症"思考

22　Zhou, Xiaoyi and Q.S. Tong, "Comparative Literature in China", Comparative Literature and Comparative Cultural Studies, ed., Totosy de Zepetnek, West Lafayette, Indiana: Purdue University Press, 2003, 268-283.

23　Damrosch, David (EDT)*The Princeton Sourcebook in Comparative Literature*: Princeton University Press

属于中国比较文学自身的学科方法论，从跨异质文化中产生的"文学误读""文化过滤""文学他国化"提出"比较文学变异学"理论。历经 10 年的不断思考，2013 年，我的英文著作：The Variation Theory of Comparative Literature（《比较文学变异学》），由全球著名的出版社之一斯普林格（Springer）出版社出版，并在美国纽约、英国伦敦、德国海德堡出版同时发行。The Variation Theory of Comparative Literature（《比较文学变异学》）系统地梳理了比较文学法国学派与美国学派研究范式的特点及局限，首次以全球通用的英语语言提出了中国比较文学学科理论新话语："比较文学变异学"。这一新概念、新范畴和新表述，引导国际学术界展开了对变异学的专刊研究（如普渡大学创办刊物《比较文学与文化》2017 年 19 期）和讨论。

欧洲科学院院士、西班牙圣地亚哥联合大学让·莫内讲席教授、比较文学系教授塞萨尔·多明戈斯教授（Cesar Dominguez），及美国科学院院士、芝加哥大学比较文学教授苏源熙（Haun Saussy）等学者合著的比较文学专著（Introducing Comparative literature: New Trends and Applications[24]）高度评价了比较文学变异学。苏源熙引用了《比较文学变异学》（英文版）中的部分内容，阐明比较文学变异学是十分重要的成果。与比较文学法国学派和美国学派形成对比，曹顺庆教授倡导第三阶段理论，即，新奇的、科学的中国学派的模式，以及具有中国学派本身的研究方法的理论创新与中国学派"（《比较文学变异学》（英文版）第 43 页）。通过对"中西文化异质性的"跨文明研究"，曹顺庆教授的看法会更进一步的发展与进步（《比较文学变异学》（英文版）第 43 页），这对于中国文学理论的转化和西方文学理论的意义具有十分重要的价值。（"Another important contribution in the direction of an imparative comparative literature-at least as procedure-is Cao Shunqing's 2013 The Variation Theory of Comparative Literature. In contrast to the "French School" and "American School" of comparative Literature, Cao advocates a "third-phrase theory", namely, "a novel and scientific mode of the Chinese school," a "theoretical innovation and systematization of the Chinese school by relying on our own methods" (Variation Theory 43; emphasis added). From this etic beginning, his proposal moves forward emically by developing a "cross-civilizaional study on the heterogeneity between

24 Cesar Dominguez,Haun Saussy,Dario Villanueva Introducing Comparative literature: New Trends and Applications，Routledge,2015

Chinese and Western culture"(43), which results in both the foreignization of Chinese literary theories and the Signification of Western literary theories.）

　　法国索邦大学（Sorbonne University）比较文学系主任伯纳德·弗朗科（Bernard Franco）教授在他出版的专著（《比较文学：历史、范畴与方法》）*La littératurecomparée: Histoire, domaines, méthodes* 中以专节引述变异学理论，他认为曹顺庆教授提出了区别于影响研究与平行研究的"第三条路"，即"变异理论"，这对应于观点的转变，从"跨文化研究"到"跨文明研究"。变异理论基于不同文明的文学体系相互碰撞为形式的交流过程中以产生新的文学元素，曹顺庆将其定义为"研究不同国家的文学现象所经历的变化"。因此曹顺庆教授提出的变异学理论概述了一个新的方向，并展示了比较文学在不同语言和文化领域之间建立多种可能的桥梁。(Il évoque l'hypothèse d'une troisième voie, la « théorie de la variation », qui correspond à un déplacement du point de vue, de celui des « études interculturelles » vers celui des « études transcivilisationnelles . » Cao Shunqing la définit comme « l'étude des variations subies par des phénomènes littéraires issus de différents pays, avec ou sans contact factuel, en même temps que l'étude comparative de l'hétérogénéité et de la variabilité de différentes expressions littéraires dans le même domaine ».Cette hypothèse esquisse une nouvelle orientation et montre la multiplicité des passerelles possibles que la littérature comparée établit entre domaines linguistiques et culturels différents.）[25]。

　　美国哈佛大学（Harvard University）厄内斯特·伯恩鲍姆讲席教授、比较文学教授大卫·达姆罗什（David Damrosch）对该专著尤为关注。他认为《比较文学变异学》（英文版）以中国视角呈现了比较文学学科话语的全球传播的有益尝试。曹顺庆教授对变异的关注提供了较为适用的视角，一方面超越了亨廷顿式简单的文化冲突模式，另一方面也跨越了同质性的普遍化。[26]国际学界对于变异学理论的关注已经逐渐从其创新性价值探讨延伸至文学研究，例如斯蒂文·托托西近日在 *Cultura* 发表的（Peripheralities: "Minor" Literatures, Women's Literature, and Adrienne Orosz de Csicser's Novels）一文中便成功地将变异学理论运用于阿德里安·奥罗兹的小说研究中。

25　Bernard Franco La littératurecomparée: Histoire, domaines, méthodes，Armand Colin 2016.

26　David Damrosch Comparing the Literatures,Literary Studies in a Global Age,Princeton University Press,2020.

国际学界对于比较文学变异学的认可也证实了变异学作为一种普遍性理论提出的初衷，其合法性与适用性将在不同文化的学者实践中巩固、拓展与深化。它不仅仅是跨文明研究的方法，而是一种具有超越影响研究和平行研究，超越西方视角或东方视角的宏大视野、一种建立在文化异质性和变异性基础之上的融汇创生、一种追求世界文学和总体问题最终理想的哲学关怀。

以如此篇幅展现中国比较文学之况，是因为中国比较文学研究本就是在各种危机论、唱衰论的压力下，各种质疑论、概念论中艰难前行，不探源溯流难以体察今日中国比较文学研究成果之不易。文明的多样性发展离不开文明之间的交流互鉴。最具"跨文明"特征的比较文学学科更需要文明之间成果的共享、共识、共析与共赏，这是我们致力于比较文学研究领域的学术理想。

千里之行，不积跬步无以至，江海之阔，不积细流无以成！如此宏大的一套比较文学研究丛书得承花木兰总编辑杜洁祥先生之宏志，以及该公司同仁之辛劳，中国比较文学学者之鼎力相助，才可顺利集结出版，在此我要衷心向诸君表达感谢！中国比较文学研究仍有一条长远之途需跋涉，期以系列丛书一展全貌，愿读者诸君敬赐高见！

曹顺庆

二零二一年十月二十三日于成都锦丽园

目

次

前　言

福建历来有"海滨邹鲁"之称，最早有唐代欧阳詹开闽地儒学之序，后有北宋仁宗时期的"闽中四先生"，再后又有朱熹是为福建乃至整个中国的大儒。[1]闽地儒风之盛影响到了人们的思想行为、教育理念等，女性也如此。这一方面表现在她们的文学作品，特别是诗歌创作中，另一方面则表现在她们的具体作为上。

就福建女性的诗歌创作而言，现存作品数量虽然不及江浙，但就整体而言，排名还是相当靠前。[2]而在她们的作品中，表达了怎样的声音，又是通过怎样的方式表现于外在，以及这样的声音是如何呈现出一种个体话语和社会伦理话语共同交织的状态的，这些都值得我们探讨。

另外，还值得关注的是，伦理品德是通过具体行为表现出来的。早在孔子时代就有"观其行"[3]的古训，明清以来又有"知行合一"的思想[4]，这体现出中国传统哲学思想具有理论与行为密切结合的特征。值得注意的是，由于传统观念与教育状况使然，大部分女性不具有诗歌创作能力，她们受到的封建伦理教化，则将其行为作为一种非言说的自我表达，因此，我们如果仅仅将研究视角锚定在具有诗歌创作能力的女诗人而忽视了更多的普通女性群体，必然会带来对闽地女性伦理文化审视的偏颇。

1　参见徐晓望等：《福建思想文化史纲》，福建教育出版社，1996 年版。

2　据黄湘金：《南国女子皆能诗——〈清闺秀艺文略〉评介》（《文学遗产》2008 年第 1 期）一文的统计，福建女作家的人数仅排在江苏、浙江、安徽之后。

3　（清）刘宝楠撰，高流水点校：《论语正义》，中华书局，1990 年版，第 179 页。

4　（明）王阳明著，吴光等编校：《王阳明全集·传习录上》，浙江古籍出版社，2010 年版，第 5 页。

  本书共分三编。上编从"《闽川闺秀诗话》系列"作为全书的入手点进行对明清福建女性相关问题的观照。所谓"《闽川闺秀诗话》系列"指的是：梁章钜的《闽川闺秀诗话》，丁芸的《闽川闺秀诗话续编》以及《历代闽川闺秀诗话》。之所以称其为"系列"，是因为梁作首开其端，丁作在前者基础上而作，具有补充其缺漏，丰富其材料，发扬其思想的作用的。对于这三部诗话，我们试图探讨其资料来源，以及对闺秀诗人及诗歌保存、遴选、评点、揄扬的内在机制进行探讨，进而在地域性视野中梳理闺秀诗人书写的历史脉络。另外，从诗歌史的角度来看，福建闺秀诗人在闺怨书写模式上有着创造性转化，包括闺阁内外诗歌内容的创新等，这些也是我们要探讨的内容。

  中编从家族和地域方面探讨明清福建女性诗歌。我们主要以郑方坤家族、黄任家族、梁章钜家族以及其他诗艺有代表性的女性加以探讨。郑方坤家族的女诗人郑咏榭长于咏物，具有很高的诗歌创作技巧。黄任的两位女儿黄淑畹、黄淑窕，她们融性情之正与俗趣之谐为一体的诗歌风格值得关注。而梁章钜家族的女性诗人代表梁蓉函、杨渼皋等具有比较鲜明的才气、学问入诗的表现。此外，卢蕴真的咏物诗和郭仲年的试帖诗也非常有特色。其中，卢蕴真的咏物诗诗艺精工，形式严整，技巧性很强。而郭柏荫的女儿郭仲年以试帖诗为其特色，这种应试性强的诗体的创作体现了郭仲年的家学渊源、也体现其教育儿辈的具体实践能力。

  下编分为三章，探讨伦理文化下的明清明清福建女性的文行表达。

  第七章探讨明清妇德影响之下闺秀诗人的自主书写。闺秀诗人的书写有着传统社会的性别身份的影响，也受着传统士人品格与文化的影响。第一节探讨闺秀诗人的亲缘伦理表达。传统社会有一整套妇德，女性与父母公婆、与丈夫、与兄弟手足之间的伦理关系与相处都有具体的规定性。久而久之，这一整套伦理道德也就内化为女性的个体情感和内在约束，发言为诗就形成特有的诗性伦理表达。第二节探讨闺秀诗人的母教内容。母职是传统女性的重要职责。既来自于天生之情，也是强盛家族之需。官宦家族的母教强调学行兼重，而节妇的母教则有更多的存孤意味。第三节探讨闺秀诗人的清贫叙述。此类叙述在闺秀诗歌中大量存在，一方面是现实生活之写照，另外一方面也受了传统士人文化中安贫乐道思想之影响。第四节讨论节烈妇的情感表达。节烈妇群体是"《闽川闺秀诗话》系列"中的重要女性群体。这个群体诗歌创作的特点，其一是以理节情表达状态，其二则是士人文化影响下的如孤臣孽子般的情感比照，其三，从表现手法来看，她们的诗歌中常用士人诗歌中常见的梅兰竹菊等加以自况。

第八章关于戏曲教化与方志书写中的明清福建女性。

此章试图做一种尝试，以审视由于深层伦理教化的一致性所导致的在不同类型文本之间书写方式的趋同。中国传统诗歌的重要功能之一是对人的教化，而到了明清，蓬勃兴盛的通俗文学中的戏曲也有此功能，正如有"南戏之祖"之称的《琵琶记》作者高明曾说"不关风化体，纵好也徒然"。如果说诗歌的教化更多针对受正统教育之人，戏曲则起到了对社会更广大人群的教化作用。福建是戏曲大省，明清时期有闽剧、莆仙戏、梨园戏、潮剧、高甲剧等，这些剧种中有不少经典的教化剧目。如莆仙戏、梨园戏都有《蔡伯喈》（或称《赵真女》）这个剧目，此剧目即是承接《琵琶记》而来，表达赵五娘孝顺公婆、糟糠自厌、剪发卖葬、进京寻夫的故事。这样的形象既是对现实生活中朴素、本分、孝顺、克己的传统女性形象的写照，也起到对于民间女性教化的作用。

戏剧影响着女性们，而女性的作为又体现在方志的叙写中。多种明清福建方志的列女传中，对于女性的描写往往呈现其隐忍克己、侍奉公婆、抚养后代等表现和作为，可以说，方志与相关戏曲的基本叙述具有深层模式中的一致性。

第九章关注战乱中的明清福建女性。在《闽川闺秀诗话续编》及《历代闽川闺秀诗话》中有对于战乱中女性的资料纂集，但由于诗话的编纂体例，保存的一般是有诗歌创作的战乱中的女性的资料。但是，在历史中，没有诗歌创作的战乱中的女性更多。这些女性在方志中有更多记载。明清时期的福建，在明代有嘉靖倭寇之乱，在清初有耿精忠叛乱，战乱中，有的女性不屈而自尽，有的被残杀、有的奋力舍身救护他人而死，有的女性由于丈夫在战乱中死去，或为其殉节，或守节持家。这些行为也是受到了传统妇德的影响。

综上所述，我们试图通过以上视角对于明清福建女性的自我表达与外在书写加以审视。应该说，社会文化、历史背景等等对于人有各种各样的影响，伦理道德在长期内化之后，个人又有着怎样的自我表达，而这种个人的表达与社会文化又有怎样的关系，这些都是我们着重考察的。

绪　论

一、选题缘起与研究意义

　　本书的研究对象是明清福建女性的外在书写和内在表达。所谓的外在书写一方面指的是对于女性的种种以各种载体和形式的叙述和记录，如诗话、方志、笔记等等。而内在表达则指的是女性作为创作主体进行的诗歌等创作。当然，二者不能截然分开，有的女性的诗歌作品是通过前者保留下来的。再者，诗歌、方志、笔记又体现了编纂者的思想倾向，从这个角度，这也是一种书写。通过观照这两个层面，我们来审视明清时期的女性具有怎样的思想意识和行为特点、她们的创作又具有怎样的风格，在诗歌中又具有怎样的自我表达。另外，不同性质文本对于女性的书写又造成怎样的差异性和同构性。这都是我们试图探讨的问题。

　　这个问题的讨论选取"《闽川闺秀诗话》系列"作为突破口。因为它们不仅给我们提供了文献来源，也提供了思考的线索。《闽川闺秀诗话》系列包括梁章钜《闽川闺秀诗话》和丁芸《闽川闺秀诗话续编》《历代闽川闺秀诗话》。另外，为了研究这个课题，笔者还对于明清福建女性诗人的别集加以查找，另外，针对第三编提到的战乱影响下的女性，笔者对于明清时期的福建方志进行了翻阅。

　　《闽川闺秀诗话》是清代最早的一部地域性闺秀诗话，其撰写体例影响深远。研究其编选视角及成书动因，首先可以更为深入地认识福建闺秀诗人群体是如何从清代历史文化语境中浮现出来；其次《闽川闺秀诗话》比较典型地体现出闺秀诗人群体在清代文学发展中的特点，即将地域性和家族性融合在一起。从闺秀生平资料的辑录，作品的刊刻流传、闺秀精神气质及诗歌艺术的揄扬与评点等方面上，集中体现出闺秀诗人及诗歌创作的特点；最后，就目前学界对明清闺秀诗人的研究而言，地域视角是非常重要的一个研究视角，而这一视角关注的焦点多集中在江浙一带，因此有必要拓展研究地域，了解其他地域闺秀诗人及诗歌有着怎样的特点。福建毗邻江浙，无论从地域文化的相互影响，还是闺秀诗人之间的交往与互动方面，福建与江浙都有深层次的联系。但是由于地域文化的差异，其闺秀诗人的精神气质及诗歌风格有自身特点，深入研究福建闺秀群体及诗歌创作，能在更为纵深的地域背景下理解清代女性文学的发展及特征。

《闽川闺秀诗话》以人立目，大多记其生平行略并且引诗加以评点。《闽川闺秀诗话》尽管只有四卷三万余字，但开创了地方闺秀诗歌批评史的先河。《闽川闺秀诗话》不仅具有文学及文学批评意义，更具女性史的意义。女性在正史和方志中，除了篇幅较小的列女传之外，其他的一些生平资料并不被关注。梁章钜借助诗话这一较为灵活的体裁，以闺秀的诗歌创作为焦点，较为多元化地保存了与闺秀诗人相关的文献资料。这些文献涉及闺秀的人际关系、家族谱系、教育传承、生活境遇等方面，由于其丰富复杂的文本构成方式以及隐含的多重视角，如闺秀的伦理史、教育史、生活史、文本传播史等，因此诗话本身是一个多元文化场域共存的集合体，可以在多维视角下来研究闺秀诗人的历史语境及其书写传统的演变。

从所能搜集到的相关资料看，清代福建闺秀诗歌及批评经历了从零星资料的收集到专门的编纂整理。如清代早期各种闽地诗歌选本以及诗话《榕海诗话》《全闽诗话》《莆风清籁集》等，都有对闺秀诗歌的收录与点评，但都是为了照顾体例完整而象征性地收录闺秀史料及作品。如郑方坤所编纂的《全闽诗话》共十二卷，只有一卷收录了为数不多的几位闺秀诗人。真正专门关注闺秀群体及创作的，则是梁章钜的《闽川闺秀诗话》。丁芸则继梁章钜而有《闽川闺秀诗话续编》《历代闽川闺秀诗话》，由此形成了一个关注闽地闺秀诗人的诗话系列。这个系列是以《闽川闺秀诗话》为源头，基本上能够从整体上展示福建闺秀诗人在清代的历史风貌。这样集中并且前后相继地进行闺秀诗话的编纂整理，应该说是比较罕见的，足见闽地人士在闺秀诗话编纂中的执着[1]。正是这种对闺秀创作的关注，在福建形成了具有历史渊源的女性文学创作传统。

---

[1] 蒋寅查考清代现存闺秀诗话共 22 种，其中只有梁章钜《闽川闺秀诗话》和丁芸的《闽川闺秀诗话续编》《历代闽川闺秀诗话》是地域性女性诗话。参见蒋寅：《清诗话考》，中华书局，2007 年版，第 105-108 页。

福建女性文学在近现代依然能够长足发展，产生出在整个中国文坛有地位有影响力的女性作家，如林徽因、冰心、庐隐，以及当代女诗人舒婷等，这和福建女性文学创作传统的建立不无关系。因此通过对清代福建闺秀诗人的研究，也能更好地理解近现代福建女性创作的相关历史渊源。

二、选题相关的研究现状及其趋势

以《闽川闺秀诗话》为中心的研究，涉及如下几个方面，一是梁章钜本人及其诗学观的研究；二是清代闺秀诗话的研究；三是福建闺秀诗人的研究。这几个方面的研究状况如下：

（一）梁章钜及其诗话的研究

梁章钜（1775 年-1849 年），是清代著名的经世名臣，亦是嘉道期间著名的诗人、学者、文学家、金石书画家，一生著述多达八十余种。有《文选旁证》《三国志旁证》《论语集注旁证》《仓颉篇校证》《退庵诗存》《退庵随笔》《归田琐记》《浪迹丛谈》《枢垣记略》《楹联丛话》《称谓录》《退庵金石书画跋》《农候杂占》等五十余种刊行于世，其著述文史哲无所不包，还涉及了艺术领域，甚至自然科学领域。

相对于梁章钜宏富的著作，学术界对他的研究还不是很充分。来新夏先生比较关注梁章钜的笔记史料价值[2]，穆克宏先生在点校《文选旁证》时认为梁著在古今"选学"领域是一部集大成巨著[3]。蔡莹涓的博士论文[4]对梁章钜的家世与生平、学术思想、著述考辨、诗话与诗歌、笔记等方面做了较为全面的梳理。欧阳少鸣对梁章钜的《退庵随笔》中的梁章钜的经世思想做了研究。[5]此外，梁章钜是清代著名的楹联学家，学界有关他楹联的研究多集中在他的《楹联丛话》的刊刻与流传、文献价值、楹联美学思想等方面[6]。梁章钜的杂著内

2　来新夏：《清代笔记作家梁章钜》，《福建论坛》2004 年第 9 期。

3　（清）梁章钜：《文选旁证》，穆克宏点校，福建人民出版社，2000 年版。

4　蔡莹涓：《梁章钜研究》，福建师范大学 2009 年博士学位论文。

5　欧阳少鸣：《梁章钜经世思想初探——以〈退庵随笔〉为例》，《西南农业大学学报》（社会科学版）2012 年第 11 期。

6　万湾：《梁章钜系列联话所涉清代楹联家研究》，江西师范大学 2014 年硕士学位论文；熊言安、张小华：《梁章钜〈楹联续话〉初刻本考论》，《图书馆杂志》2013 年第 2 期；任先大：《清代梁章钜〈楹联丛话〉研究》，华中师范大学 2006 年硕士学位论文；赵雨：《梁章钜〈楹联丛话〉考异九则》，《华夏文化论坛》2013 年第 11 期。

容丰富，涉及了诸多方面内容，如历象、官职、公文、农业、医学，表现了清人崇尚博雅的特点，此不赘述。

关于梁章钜的诗歌研究，有蔡莹涓对梁章钜诗歌创作做了大致的分期研究[7]。他的诗话也引起了学界的重视。蒋凡先生很早注意到梁章钜丰富的诗话著作。"早在十余年前，我就有心编纂清梁章钜的诗话著作全编，并对其文学观念和诗学思想进行研究"，经他寓目考证的梁氏诗话著作，"现存十二种，可分为以下几个方面：一是地方诗话，如《长乐诗话》《南浦诗话》《东南峤外诗话》《三管诗话》《雁荡诗话》《闽川诗话》等；二是断代性地方诗话，如《乾嘉全闽诗话》、专论乾隆、嘉庆二朝的闽省诗人；三是专论女性的《闽川闺秀诗话》，体现了作者对于妇女文学的重视；四是专家诗话，如《读渔洋诗随笔》；五是专体诗话，如《试律丛谈》之专论律诗；六是传统诗话体式的杂谈总论，如《退庵随笔学诗》、《浪迹丛谈诗话》等。其诗话内容，涉及方面极为广泛"[8]。蒋凡先生在 1996 年就出了《三管诗话校注》。蔡莹涓和李清华的博士论文都涉及到对梁章钜诗话著作的研究。蔡莹涓在《梁章钜研究》中辟有一章《诗话撰作》，对梁章钜几种主要诗话加以考订辨正。认为梁章钜的诗话理论有如下几方面值得重视：一、注重作诗方法，在其《退庵随笔·学诗》中，常常直言作诗的方法；二、有着不墨守陈规的开明思想；三、注重温柔敦厚的传统诗教的诗学思想；四、重雅轻俗；五、反对刻意模仿；六、推崇情辞兼至的篇什；七、侧重诗歌教化观念。另外李清华《清代地域诗话研究》专辟一章对梁章钜的诗话进行了分析。[9]欧阳少鸣的《梁章钜诗话浅论》[10]对梁章钜诗话的理论观点进行了阐发：一、认为有鲜明的地域性；二、知人论世、文行兼重；三、认为梁章钜推崇意境自然、风调清新、情景兼到、蕴味醇厚、不废雕琢而力趋淡远的诗歌风格；四、在取材方面，梁章钜强调有为而作，有益于世；五、在诗歌鉴赏和批评方面，梁章钜主张标准公正，切合实际，应以艺术成就定优劣，不能为时风流俗所左右，更不能以官爵名位来判定诗人的诗歌成就高低；六、梁氏学问入诗话，立论公正、考核精审、资料详实、引书广博等。总体而言，

7　蔡莹涓：《我诗纪事飘云烟——梁章钜诗歌分期初探》，《福州大学学报》（哲学社会科学版）2008 年第 6 期。

8　蒋凡：《关于编纂梁章钜诗话著作全编之设想》，《中国文学研究》2002 年第 1 期。

9　李清华：《清代地域诗话研究》，上海大学 2016 年博士学位论文。

10　欧阳少鸣：《梁章钜诗话浅论》，《集美大学学报》（哲学社会科学版）2010 年第 1期。

梁章钜诗话理论、诗学思想的研究还不够充分深入，与其诗话的丰富性不对等，有待进一步开拓。

（二）清代女性诗话的相关研究

从现有的研究成果来看，有关清代女性诗话的研究还在初步阶段。

首先，有关女性诗话的收集整理是这一研究领域的基础。蒋寅先生从上世纪九十年代开始辑考清人诗学著作，"得见存书九百余种，亡佚待访书五百余种。其中专论闺秀之诗话，见存书二十二种，亡佚十四种"[11]，并对其中的十二种闺秀诗话做了详细的叙录。

王英志主编的《清代闺秀诗话丛刊》[12]在文献资料上为这一领域的研究奠定了坚实的基础。这一丛书共收录闺秀诗话十三种，新编一种。相对于清代闺秀诗话目录的三十多种，这十三种还是能反映出清代闺秀诗话的大概面貌。

随着清代女性别集的不断出版，如黄山书社的《江南女性别集》（现已出至第六编），其中的女性作品集的序跋、题词也是研究女性诗歌批评思想的重要资料。欲使该领域更能深入持久发展，还需要有着女性文学文献学思想的调整以及对文献更为全面细致的钩索和爬梳。

在清代浩繁的诗话著作中，女性诗话的数量相对较少。目前关于清代女性诗话的研究仍显不足。但学界逐渐认识到其研究的重要性，因为女性诗话具有独立的理论意义之外，其与清代女性诗歌创作繁荣的关系也是值得考索的。张丽华针对梁章钜《闽川闺秀诗话》[13]加以研究，不过篇幅较短，全篇约1600余字，介绍了该书的"留意梓邦故实"（梁蓉函序）的创作动机、编排体例、女诗人身份、创作缘起、诗歌风貌，认为其对于研究地方乃至整个女性诗歌史、家族文学活动及女诗人生存状况提供了宝贵资料；并指出此书不足之处，即体例不够精严，受传统伦理观念影响，对于贞烈孝义之事过多褒扬。温佩琪的《家族、地域与女性选集——梁章钜〈闽川闺秀诗话〉研究》[14]认为通过诗话作者选集的建构，透析闽川女性诗人群体的姻亲关系及社会交往，并以"地域"作为切入点，理清"闽川"一词的地理概念，探究明清闽川学术脉络与文人地域

11　蒋寅：《闺秀诗话十二种叙录》，《文献》2004年第3期。

12　王英志主编：《清代闺秀诗话丛刊》（全三册），凤凰出版社，2010年版。

13　张丽华：《梁章钜〈闽川闺秀诗话〉》，《苏州大学学报》（哲学社会科学版）2009年第2期。

14　温珮琪：《家族、地域与女性选集——梁章钜〈闽川闺秀诗话〉研究》，台湾暨南大学2010年硕士学位论文。

意识的生成，并以"家族"概念作为阐释视角，对清代闺秀群体的家族渊源加以梳理和归纳。论文侧重《闽川闺秀诗话》的生成背景，对福建闺秀诗歌的创作有所忽略。欧阳少鸣的《梁章钜〈雁荡诗话〉、〈闽川闺秀诗话〉探论》[15]，该文将梁章钜同一时期撰写的两部诗话合写，指出梁章钜兼收并蓄、不守一格的评诗法则。

关于丁芸的《闽川闺秀诗话续编》，有郭前孔《丁芸〈闽川闺秀诗话续编〉》[16]一文对其加以初步的探讨，其中涉及作者丁芸的基本情况，《闽川闺秀诗话续编》收录诗人数量、取材于何处、所收女诗人的身份、所引诗歌的主要内容和风格、以及丁芸的编撰特点等。而关于《历代闽川闺秀诗话》的研究则付之阙如。

姜瑜的《施淑仪〈清代闺阁诗人征略〉研究》[17]一文着眼于施淑仪清末民初新时代社会女性的身份，在新旧转换的时代背景中分析《清代闺阁诗人征略》的特殊性。王晓燕的《清代闺秀诗话研究》侧重于在闺秀诗话的辑录和诗人诗作的品评所体现出的共同之处，以及价值和局限，以期在整体上对清代闺秀诗话有更深一步的认知[18]。刘蔓在《沈善宝〈名媛诗话〉研究》中提出了清代沈善宝撰写的《名媛诗话》对于当时女性心理及文化矛盾的考察，在"德"与"才"的矛盾冲突、传统"纲常伦理"背景下，女性如何能有过"有意义生活"的可能空间[19]；成洪飞的《茗溪生〈闺秀诗话〉》提出茗溪生的《闺秀诗话》以"钟情"思想为核心，在思想、艺术与社会学层面对研究女性文学及特殊时期的女性生活具有参考价值[20]；王力坚的《〈名媛诗话〉与经世实学》提出了该诗话体现了清代经世致用之学与女性世界的关系，清代知识女性开始步出闺阁走向社会并放眼世界，意味着"内言不出"的传统闺闱戒律受到了别样的挑战。但其中也不免表现出时代的局限性，或许这就是清代知识女性尴尬而真实的状况——在走向近代文明之际，仍难免受制于沉重的历史因袭。此文将女性诗话研究从较为孤立的文本内释放出来，在更为开阔的社会历史背景中进行更深入的开

---

15 欧阳少鸣：《梁章钜〈雁荡诗话〉〈闽川闺秀诗话〉探论》，《长江大学学报》（社会科学版）2012 年第 10 期。

16 郭前孔：《丁芸〈闽川闺秀诗话续编〉》，《苏州大学学报》（哲学社会科学版）2009 年第 2 期。

17 姜瑜：《施淑仪〈清代闺阁诗人征略〉研究》，湖南师范大学 2011 年硕士学位论文。

18 王晓燕：《清代闺秀诗话研究》，陕西师范大学 2014 年硕士学位论文。

19 刘蔓：《沈善宝〈名媛诗话〉研究》，浙江大学 2009 年硕士学位论文。

20 成洪飞：《茗溪生〈闺秀诗话〉研究》，淮北师范大学 2014 年硕士学位论文。

掘[21]；周兴陆的《女性批评与批评女性——清代闺秀的诗论》提出了清代女性在新思潮的影响下，采用重释儒家文化的策略，突破"女子无才便是德"观念的束缚，确证闺秀诗歌的合法性，张扬女子创作的积极意义。但清代女性依然羁縻于"四德"之下，以"德"正"才"，敛"才"以合"德"；论诗高标合乎"风人之旨""温柔敦厚"等原则，尊奉儒家诗教，体现出比男性论者更为严格的道德自律性。尽管一些女性论者参与了清代主流诗学关于"性灵"和"学问"等核心问题的讨论，但较为普遍地存在着对"脂粉气"的有意规避，体现在主流诗学中，女性的身份特征是遭到否定的，女性论者的意识中也存在自我身份否定的现象，依然还是在"才"、"德"关系中评判女性诗歌[22]。

（三）清代福建女性诗人及诗歌的研究

关于明清福建闺秀诗人的研究成果较少。在一些宏观论述清代女性诗歌的论著中偶有涉及。宋清秀在论及清代女性文学群体和地域特征时，也提到了福建闺秀诗人群体[23]。有关福建闺秀诗人的研究，福建师范大学陈庆元教授所指导的一系列硕博论文多有涉及，这些论文主要集中在福建家族文学的研究中。郑永的硕士论文《郑方坤研究》就是以郑方坤为中心，对郑氏家族的文学创作多有论及，其中也涉及到郑氏家族的闺秀创作[24]；郭云的《黄任研究》也是以黄任为中心，对黄氏家族中的闺秀创作多有论及[25]。在这些家族研究中，郑珊珊的博士论文《明清侯官许氏家族文学研究》对福建有影响力的许氏家族几代人的文学创作做了梳理，其中涉及到福建著名女闺秀诗人许琛。郑珊珊其后以博士论文为基础，进一步推进了许琛的研究，对这位清代初期的女诗人的生平及创作风格做了考订和梳理[26]。此外还有吴文可的博士论文《明清福州文学地图——以三坊七巷为中心》[27]，其中专列一节"光禄派考论"，其中列出

---

21 王力坚：《〈名媛诗话〉与经世实学》，《苏州大学学报》2006年第3期。

22 周兴陆：《女性批评与批评女性——清代闺秀的诗论》，《学术月刊》2011年第6期。

23 宋清秀：《清代女性文学群体及其地域性特征分析》，《文学评论》2013年第5期。

24 郑永：《郑方坤研究》，福建师范大学2007年硕士学位论文。

25 郭云：《黄任研究》，福建师范大学2010年硕士学位论文。

26 郑珊珊：《明清侯官许氏家族文学研究》，福建师范大学2010年博士学位论文；郑珊珊：《许琛年谱》，《湖南科技学院学报》（哲学社会科学版）2016年第4期；郑珊珊：《"记取愁人闽海边"——清代女诗人许琛论》，《南昌大学学报》（人文社会科学版）2016年第4期。

27 吴可文：《明清福州文学地图——以三坊七巷为中心》，福建师范大学2013年博士学位论文。

了光禄派的八位女性成员——廖淑筹、郑徽柔、庄九畹、郑翰莼、郑镜蓉、许琛、黄淑窕、黄淑畹，大致停留在基本情况的介绍和诗歌的简要阐发层面。

另外，清代福建单个女作家有如下成果。陈宏的硕士论文《福建清代女诗人薛绍徽的思想与诗词创作研究》，在传统与现代的变革矛盾中审视薛绍徽的诗词创作，认为其思想踟蹰旧道德与新知识之间，在自我认同与社会认同的矛盾张力中，其诗词创作呈现出有别于传统的风格和内涵。花宏艳《乱世中的田园想象——晚清女诗人薛绍徽及其隐逸诗词》，也对这位晚清女性作家诗词的艺术性和文化性做了一定的探讨[28]。

总体来说，与福建较为发达的诗话传统相比，对福建女性诗人的关注不够，相关研究有待深入，并且，也未能将其作为一个整体放在清代文学发展的宏观视野中进行研究。因此本课题以梁章钜和丁芸的《闽川闺秀诗话》系列为基础，结合有关福建女性诗人的别集、女性诗歌的选集和总集，再参照其他女性诗话、方志等文献，进一步展开福建闺秀诗人及诗歌的研究，以期能对清代福建闺秀诗人及诗歌的发展有更深入的认识。

三、研究内容、方法与思路

本选题以"《闽川闺秀诗话》系列"入手，研究明清福建女诗人的外在书写与内在表达，可以说这是由诗歌研究延伸到生活史研究的一种尝试。要对清代福建女性这一群体做深入研究，必须将其放置在一个更为广阔的背景中去分析，结合清代历史文化语境及诗歌发展的整体特点来审视福建闺秀群体及其诗歌创作。

而我们以"《闽川闺秀诗话》系列"为焦点，将其作为一个综合性文本来审视清代福建闺秀诗人的成长环境及其诗歌创作，辅之以相关的历史资料，探讨清代福建女性群体如何浮出历史地表，分析清代福建女性诗歌创作的家族背景，男性作家对其的品评眼光，以及闺秀作品的刊刻流传等相关问题，并进一步分析福建闺秀文学创作的历史渊源。

本论文的研究方法，首先是以"《闽川闺秀诗话》系列"所提供的诗人信息，从目录书，方志等文献资料入手，结合图书馆馆藏信息，查找"《闽川闺

---

28 陈宏：《福建清代女诗人薛绍徽思想与诗词创作研究》，福建师范大学 2009 年硕士学位论文；花宏艳：《乱世中的田园想象——晚清女诗人薛绍徽及其隐逸诗词》，《古典文学知识》2012 年第 5 期。

秀诗话》系列"所胪列的女性诗人的信息,包括其家世背景,诗集的刊刻与作品存留情况,以一手文献为基础,分析闺秀诗人的思想情感及诗歌创作。

　　清代是距当下最近的传统宗法社会时段,当今文化依然以各种方式与之保留着相关的文化印痕与联系,女性文化亦然。因此对于清代地域女性的研究,必须贯穿着对于女性的价值诉求、伦理观念、生命方式的历史反思。本论文立足前人已有的相关研究,从一个更加具体而微观的角度,探讨清代地域性闺秀群体及诗歌创作流变,结合福建地域文化特点,深入探讨福建闺秀及其诗歌创作的历史渊源。

上编 《闽川闺秀诗话》系列所蕴含的伦理与诗情

    这里所说的"《闽川闺秀诗话》系列"包括梁章钜《闽川闺秀诗话》,以及丁芸的《闽川闺秀诗话续编》和《历代闽川闺秀诗话》,这个系列有着明显的前后继承的联系。之所以称之为"系列",是因为丁芸的《闽川闺秀诗话续编》和《历代闽川闺秀诗话》中多有提及对于梁章钜《闽川闺秀诗话》中选录人物、事件的补充、修正、丰富等,可以见出丁作非常鲜明的对于梁作的承继的意识,也可以看到梁作所选人物的典型性和代表性。

    可以说,这一以地方女性诗歌为批评对象、以地方女性资料为纂集对象的诗话系列在整个清代诗话史上是绝无仅有的,这个系列可以说构筑了有诗歌创作以来的福建一地的女性诗歌发展脉络,这三部著作具有诗话意义,也具有诗歌史意义。有的资料撰写某女诗人的生平,能够使我们了解彼时福建女性的生活状态,因此还可以说其还具有福建女性生活史的意义。

    而此编就分别从梁章钜《闽川闺秀诗话》、丁芸《闽川闺秀诗话续编》及《历代闽川闺秀诗话》中的有关问题加以探讨。

第一章 《闽川闺秀诗话》的成书动因
与闺秀创作的辑录传播

　　梁章钜著述宏富，诗话著作是其中的重要组成部分。《闽川闺秀诗话》是他晚年的最后一部著作，书中收录了黄任家族、郑方坤家族、梁氏家族，以及通过亲戚朋友收集到的其他闺秀共 103 位的资料和作品。《闽川闺秀诗话》充分彰显了诗话体的特点，不但在当时对清代福建闺秀诗歌起到了辑录、保存、评点的作用，也记录了诸多福建闺秀诗人有价值的生平资料，成为认识福建闺秀诗人的重要窗口。因此需考察的是，这部诗话中诗人诗作的收录情况如何？她们的作品存世情况如何？这部诗话所涉闺秀诗歌具有着怎样的传播情况和特点？梁章钜的闺秀诗话的选编动因何在？这是研究清代福建闺秀诗人及其创作的基点。

第一节　版本情况及文献来源

一、版本情况

　　关于《闽川闺秀诗话》的版本问题，蒋寅《清诗话考》称有："道光二十九年福州师古斋刊本，光绪元年刊福州梁氏刊二思堂丛书本，光绪十七年浙江书局活字本［2 卷］，宣统元年上海国学扶轮社刊、上海书店 1991 年影印、人民文学出版社 1994 年影印香艳丛书本第 16 集，台湾新文丰出版公司丛书集成绩编本"[1]。此外，台湾温佩琪参照吴宏一《清代诗话知见录》做了这样的整理，"版本共有最早为道光二十九年（1849）福州梁氏刻本，《二思堂》丛书本，清活字本、瓯郡梅姓师古斋刻本，赌棋山庄抄本。后被收入《香艳丛书》，《香艳丛书》又收入《丛书集成初编》、《明清史料笔记》丛刊以及《笔记小说大观》，依笔者搜罗除清活字、瓯郡梅姓师古斋刻本、赌棋山庄钞本三种版本不复见外，台湾目前馆藏版本有福州梁氏刻本收入于《续修四库全书》；《二思堂丛书》本为哈佛大学与麦吉尔大学等联合建立的'明清妇女著作'网站[2]，《香艳丛书》最早为清宣统二年（1910 年）版本，以及《丛书集成续编》《明清笔记史料》丛刊以及《笔记小说大观》五编，共六种版本。"[3]

　　笔者查阅了国家图书馆所藏的四种《闽川闺秀诗话》版本，并与收于《续修四库全书》中的《闽川闺秀诗话》（原为复旦大学图书馆馆藏）作对比，发现了两个问题：一、除了上文所述赌棋山庄钞本未见外，清活字本收于《西谛藏书》；二、"瓯郡梅姓师古斋刻本"字样不仅出现在某一刻本，而是同时见于福州梁氏刻本和二思堂本，所以此前所述瓯郡梅姓师古斋刻本与二思堂本、福州梁氏刻本为同一版本系统，而活字本（西谛藏书）为另一版本系统，前三者中，丁氏吉云轩印本，其中有漶漫增补痕迹，福州梁氏刻本是最早，也是最为精美的单行本。现梳理其基本信息列表如下：

表一：国家图书馆藏《闽川闺秀诗话》版本情况表

版　　本	瓯郡梅姓师古斋（侯官丁氏吉云轩印行）	福州梁氏刻本	清代活字（西谛藏书）	二思堂本丛书
时　　间		清道光二十九年（1849）		
册　　数	1 册	2 册	2 册	1 册
封面题签	居于左上角，小篆"闽川闺秀诗话"	居中一列，篆字	居中，二列	居中一列，篆字
梁蓉函序	有	有	有	有

1　蒋寅：《清诗话考》，中华书局，2007 年版，第 104 页。
2　http://digital.library.mcgill.ca/mingqing/
3　温珮琪：《家族、地域与女性选集——梁章钜〈闽川闺秀诗话〉研究》，台湾暨南大学 2010 年硕士学位论文。

首卷（及末页）印钤	卷一右下角："北京图书馆藏"；末页左下角："瓯郡梅姓师古斋镌"；"侯官丁氏吉云轩印行"；"北京图书馆藏"；	卷一："北京图书馆藏"末页："瓯郡梅姓师古斋镌"	卷一右下角，一为"长乐郑振铎藏书"；一为"北京图书馆藏"；第二册卷三右下角有，"长乐郑振铎西谛藏书""北京图书馆藏"	卷一右下角为篆字"国家图书馆珍藏"。末页左下角为"瓯郡梅姓师古斋镌""国家图书馆珍藏"
品　　相	尚好,中有漶漫增补（以楷体）	品相最佳,扉页有云形暗纹。此书纸张与其他皆不同。包括二思堂的纸张亦不如。		二思堂本纸张质量较薄,不及福州梁氏本
附　　注			此版为重排,行数字数均不同。此外,此书一度有一定程度的破损,并且是经过修补了的。	

　　由此可见,《闽川闺秀诗话》在撰就后以不同的形态流传,还曾以活字再版,其中以瓯郡梅姓师古斋刻本最为流行。可见,《闽川闺秀诗话》在当时具有较大的传播量和较广的读者圈,因此可断定所选诗歌会造成一定的流布,所倡导的诗歌风格美学也会形成一定的影响。

图一：二思堂丛书本书影之一

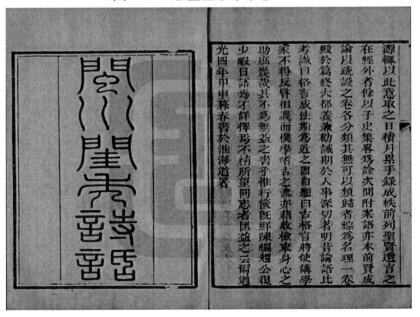

图二：二思堂丛书本书影之二

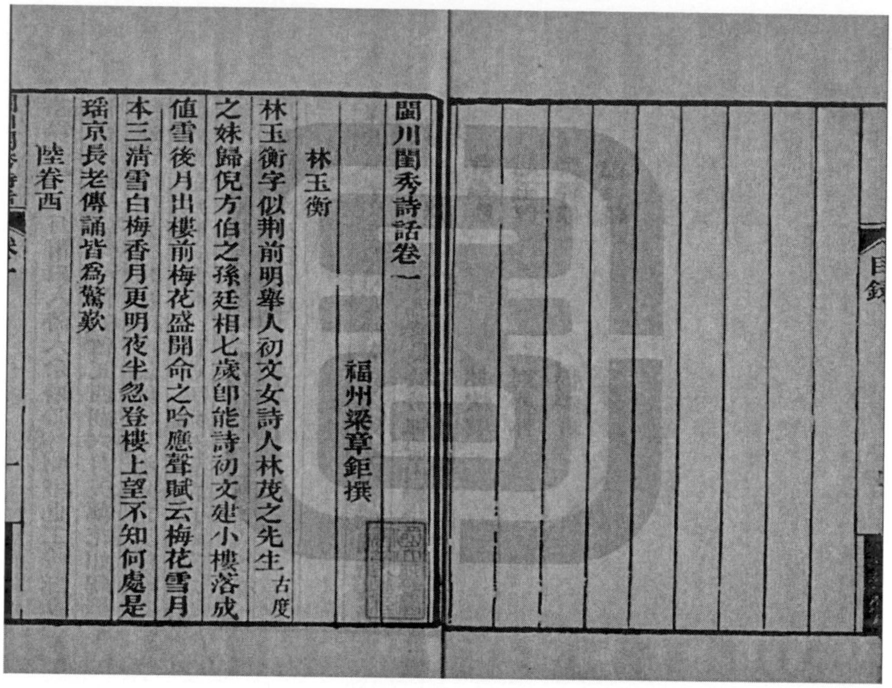

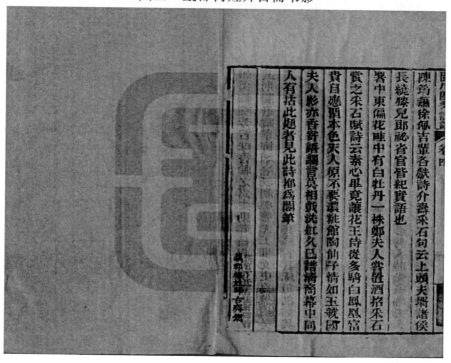

图三：瓯郡梅姓师古斋书影

图四：郑氏活字本书影

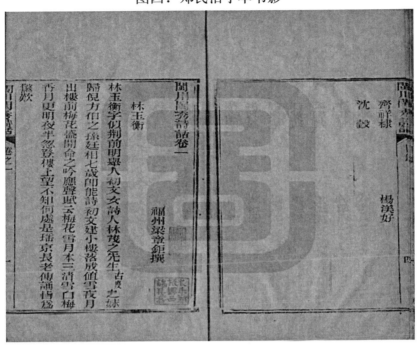

二、文献来源

《闽川闺秀诗话》收录的诗人及其诗歌来源广泛，有总集、别集、方志，还有亲友相传的，下面对其文献来源的分类梳理见下表。

表二：出自方志的闺秀诗歌

出 自	王巧姐	《福建通志》
卷一	陈氏（林克仁妻）	《福建通志》
卷一	阮氏（李为仁妻）	《福建通志》
卷一	郑氏（余升标妻）	《福建通志》
卷一	杨氏（蔡而烷妻）	《福建通志》
卷一	石氏（邱调元妻）	《漳州通志》
卷一	姚钤姑	《古田县志》
卷一	毛秀玉	《古田县志》
卷一	余珍玉	《古田县志》
卷一	余尊玉	《古田县志》
卷一	庄氏（黄任妻）	《永福县志》

表三：出自诗歌总集的闺秀诗作

卷一	陆眷西	《莆风清籁集》
卷一	吴丝	《国朝闺秀正始集》
卷一	徐氏（徐德英）	《国朝闺秀正始集》《莆风清籁集》
卷一	方琬	《莆风清籁集》《国朝诗别裁集》
卷一	宋芳斌	《莆风清籁集》
卷一	苏芳济	《莆风清籁集》
卷一	黄幼藻	《莆风清籁集》《明诗综》《明诗别裁集》
卷一	黄幼蘩	《莆风清籁集》

在《闽川闺秀诗话》所收录的103名闺秀诗人中，现能查到有15位闺秀诗人的作品流传下来，并被保存于各大图书馆中。这十五位闺秀诗人作品的刊刻与馆藏情况见下表：

表四：有别集存世的闺秀诗人及诗集刊刻与馆藏情况

姓名	诗集名称（或作品）	卷数	保存、著录、版本及馆藏情况
林蕙	《让竹亭诗编》	一卷	康熙刻本（广东省图书馆、复旦大学图书馆）
周仲姬	《二如居诗集》	一卷	乾隆五年刻本（福建省图书馆）：
陈玉瑛	《兰居吟草》	一卷	清初刻本（中国国家图书馆；南京图书馆）
许琛	《疏影楼稿》	一卷	钞本（中国国家图书馆）；乾隆刻本（南京市图书馆，福建省图书馆）
吴荔娘	《兰陂剩稿》	一卷	嘉庆七年序旌邑汤氏刻陈氏联珠集·梅缘诗草附（国家图书馆）
黄淑宛	《墨庵楼试草》	一卷	春檗斋抄本（福建师范大学图书馆）
黄淑畹	《绮窗余事》（《香草笺外集》）	一卷	嘉庆十四年刻黄任撰十研斋老人香草笺诗注本附（福建省图书馆）
林琼玉	《林琼玉诗》	11首	民国十九年年排印《绮窗余事》本附（上海市图书馆）
林瑱	《自芳偶存》	一卷	嘉庆十九年刻本（福建省图书馆）
郑翰莼	《舟中吟草》	一卷	抄本（福建师范大学图书馆）
郑咏谢	《簪花轩诗钞》	一卷	清拾穗山房抄本（福建省图书馆）

杨渼皋	《榕风楼诗存》	二卷	光绪十年福州梁氏刻本（国家图书馆、上海市图书馆、福建省图书馆）
何玉瑛	《疏影轩遗草》	二卷	嘉庆十七年郑氏睫巢书屋福州刻本（国家图书馆、福建省图书馆、上海市图书馆）；民国六年其孙郑孝胥重校排印本（中国国家图书馆、南京市图书馆等）
齐祥棣	《玉尺山楼遗稿》	一卷	光绪九年排印本，中国科学院图书馆
沈毂	《画理斋诗稿》	一卷	道光二十五年刻本（上海图书馆）；与戴小琼撰《华影吹笙阁遗稿》合刻（嘉兴图书馆藏）

说明：根据《清人别集总目》统计。[4]

以上三类文献来源渠道中，方志偏重于对闺秀的生平介绍，特别注重节烈妇的介绍，重点在于道德表彰；相对而言，《国朝闺秀正始集》及续编、《莆风清籁集》更注重闺秀作品的收录；而闺秀别集的保存比较分散（见表六）。在刊刻流传中，有个别文献的讹误，或是由于文献来源不同，或是转引疏误。比如笔者查抄的郑咏谢的别集《簪花轩诗钞》，为清拾穗山房抄本。《闽川闺秀诗话》所引郑咏谢的诗歌和抄本则有较大差异。梁章钜在《闽川闺秀诗话》引用了郑咏谢的组诗《送芥舟伯兄归建安》中第四、第六首，下面为梁章钜中所引诗歌：

> 最怜初束发，风木痛难除。一别违庭训，**谁能**读父书。天乎偏我夺，壮也不人如。学古关心切，非君孰启予。

> 且住为佳耳，胡然**不肯**留。江干**数**杯酒，落叶**一天**秋。远道**迢迢去**，西风渺渺**愁**。何时重把袂，觍缕叙离忱。

而在拾穗山房抄本中，这两首诗是这样的：

> 最怜初束发，风木痛难除。一别违庭训，**无能**读父书。天乎偏我夺，壮也不人如。学古关心切，非君孰启予。

> 且住为佳耳，胡然**总莫**留。江干**一**杯酒，落叶**数声**秋。远道**依依别**，西风渺渺**愁**。何时重把袂，觍缕叙离忱。[5]

梁章钜和郑咏谢的儿子林轩开为同年，梁章钜应该是可以通过林轩开见到郑咏谢的诗集的，但或许别有刻本或抄本，而非《簪花轩闺吟研耕诗存》。所以对这些不同渠道的文献资料需要仔细的校对比较。

4 李灵年，杨忠主编：《清人别集总目》，安徽教育出版社，2000年版。

5 （清）郑咏谢：《簪花轩诗钞》，清拾穗山房抄本，福建省图书馆藏。

表五：有目无集的闺秀诗人

出 自	诗 人	诗集名称
卷一	魏凤珍	《红余小草》
卷一	林文贞	《韫林偶集》
卷一	权氏（王德威室）	《闺中草》
卷一	邱卷珠	《荷窗小草》
卷一	庄九畹	《秋谷集》
卷一	吴丝	《黄绢诗存》
卷一	方琬	《断钗集》
卷一	林瑛佩	《悬黎遗稿》
卷一	黄幼藻	《柳絮编》
卷二	郑镜蓉	《垂露斋联吟》《泡影集》
卷二	郑金銮	《西爽斋存稿》
卷二	陈于凤	《兰窗自怡草》
卷二	李若琛	《蝶案香尘集》
卷二	萨连如	《挽鹿山庄诗草》
卷二	郑徽柔	《芸窗寒响集》
卷二	郑云荫	《四时吟》
卷二	林淑卿	《红余仅存草》
卷二	许蘅	《绣余遗稿》
卷二	姜氏（何秀岩妻）	《纫兰闺杂咏》
卷三	梁符瑞	《昆辉阁诗草》
卷三	周蕊芳	《生红馆诗钞》
卷三	杨渼皋	《榕风楼诗存》
卷三	梁兰芬	《小方壶诗草》
卷三	梁佩荭	《蕉雪轩吟草》
卷三	许鸾案	《琴音轩诗草》
卷三	梁韵书	《静庵诗文草》
卷三	梁兰省	《梦笔山房诗稿》
卷三	梁赋茗	《卧云楼诗草》
卷三	梁金英	《爱荷香诗草》
卷三	梁瑞芝	《香雪斋小草》

卷四	许福祉	《玉尺山堂存稿》
卷四	洪龙徵	《效颦集》
卷四	江鸿祯	《焚余存稿》
卷四	郑嗣音	《芷香阁遗稿》
卷四	李镜林	《小蒹葭山庄诗草》
卷四	许季兰	《剑香阁诗草》
卷四	刘蓍林	《艳雪斋诗草》
卷四	郑瑶圃	《绣余吟草》
卷四	张如玉	《暗香琴言》
卷四	汪淑端	《淑端遗稿》
卷四	王琼英	《万里游诗草》
卷四	许还珠	《绀光书室诗草》
卷四	赵玉钗	《听雨楼遗草》

说明·根据《闽川闺秀诗话》及《历代妇女著作考》[6]统计。

有目无集的闺秀诗人有 43 人，说明闺秀诗人有集者不在少数，但流传下来的则很少。

在现有条件范围内，笔者尽可能搜集整理并且研读现存的闺秀诗人别集。从中国国家图书馆、中国科学院图书馆、福建省图书馆寻找别集，以及对现在的各类整理本进行查阅、复制和抄写。在能查到的十五位闺秀诗人的诗集中，除了林蕙与郑翰莼之外，其他闺秀诗人的诗集都已查到，笔者查找的闺秀诗集见下表：

表六：所查阅到的闺秀诗集

出自	姓名	诗集名称（或作品）保存或著录情况	卷数	所藏图书馆或收录丛书
卷一	周仲姬	《二如居诗集》	一卷	福建省图书馆
卷一	陈玉瑛	《兰居吟草》	一卷	国家图书馆
卷一	许琛	《疏影楼稿》	一卷	国家图书馆；福建省图书馆
卷一	吴荔娘	《兰陂剩稿》	一卷	国家图书馆
卷二	黄淑窕	《墨庵楼试草》	一卷	《黄任集》（外四种）（方志出版社）
卷二	黄淑畹	《绮窗余事》《香草笺外集》	一卷	《黄任集》（外四种）（方志出版社）

6 胡文楷编著：《历代妇女著作考》，上海古籍出版社，2008 年版。

卷二	林琼玉	《林琼玉诗》	七首	《黄任集》（外四种）（方志出版社）
卷二	林瑱	《自芳偶存》	一卷	福建省图书馆
卷二	郑咏谢	《簪花轩诗钞》	一卷	福建省图书馆
卷三	梁蓉函	《静安吟草》	48首	江田梁氏诗存
卷三	杨渼皋	《榕风楼诗存》	二卷	中国国家图书馆
卷四	何玉瑛	《疏影轩遗草》	二卷	中国国家图书馆；福建省图书馆
卷四	齐祥棣	《玉尺山楼遗稿》	一卷	中国科学院图书馆
卷四	沈毅	《画理斋诗稿》	一卷	《江南女性别集·第三编》（黄山书社，2011年）

从已搜集、查阅闺秀诗集看，其中，黄淑窕、黄淑畹诗集附录与其父黄任的诗集中，《黄任集》已经由福建省文史研究馆整理，并由方志出版社出版。沈毅《画理斋诗稿》一卷出自《江南女性别集》；梁蓉函有集名为《静安吟草》，但未见馆藏，不过笔者在《江田梁氏诗存》（梁氏家集）找到其诗歌四十八首，数量也相对丰富。

由此可见，闺秀诗人大多有集，但保存下来的较少。就目前所能查找到的资料来看，其中15人的诗集尚存，43人属于有目无集。也就是说，编订集子在当时是比较普遍的状况，但是进一步流传下来却比较难，且情况较为复杂。明清以前，著者既少，其作者汇为专集流传后世者更稀，大多数只能凭藉选本、诗话或方志保存一二，罕有诗文集流传。清代有大量的闺秀个人诗文集流传。一部分闺秀诗人的集子是附刻于家人文集之后[7]，多是其家人为其刊行。创作多而流传少，这作为一种女性作品流传的文化现象的原因，本论文在第一章的第三节和第二章的第二节有相关讨论。

第二节　《闽川闺秀诗话》的成书动因

考察《闽川闺秀诗话》出现的历史背景，一方面是清代地域文学传统日渐成熟，地域性的诗歌总集及编选风气浓厚。另一方面是福建地区的地域性诗话撰写出现高潮。在这一背景下，明清时期南方闺秀创作不仅数量多而且质量普遍比较高。王萌据胡文楷的《历代妇女著作考》统计，该书共收录明清女作家

7　张宏生、石旻：《中国古代妇女文学研究的现代起点——胡文楷〈历代妇女著作考〉的价值和意义》，《江西社会科学》2008年第7期。

3885 人，其中南方作家多达 3405 人，约占总数的 87.64%。南方女性作家中，福建排名第五，仅次于江苏、浙江、安徽和湖南[8]。虽无具体统计，明清时期女性作家中，具有闺秀身份的女作家应该占绝大多数，在福建的女性作家中，闺秀也是主要群体。可以说，明清时期福建闺秀诗歌的创作积累已经比较丰富。在清代地域文学兴起的背景下，闺秀诗歌的创作也受到关注；在福建地域文学总集编写及诗话撰写的风气影响下，梁章钜编写出了《闽川闺秀诗话》，通过闺秀诗歌的编纂与点评，不仅首创闺秀诗话之先河，也初步建立了清代闺秀诗歌品评的参照体系。

一、清代地域文学传统的兴起

《闽川闺秀诗话》的产生并非是孤立的，它产生于明清时期地域文学传统兴起的背景之下。文学的地域性特征在明初就已经比较明显，"明初开国，由越派、吴派、江西派、闽派、五粤派瓜分诗坛的局面，可以视为一个象征性的标志，预示了以地域为主要特征的文学时代的到来"[9]。从明代开始的地域性文学传统到了清代也有了更深入的发展，以地域划分流派就更加细密，区域化特征更加明显。在《清诗流派史》中，划分了二十二大诗派，其中，属于地域性的则有十个：河朔诗派、岭南诗派、虞山诗派、娄东诗派、秀水诗派、饴山诗派、浙派、桐城诗派、高密诗派、常州诗派。[10]在以地域特征划分诗歌流派的同时，以地域为范围来编纂诗文集、诗话也成为明清文学中的一大特色。"到清代，地域性诗文集的数量就猛然剧增，难以统计了。《中国丛书综录》汇编类列于郡邑一门的丛书就有 75 种，内含大量当地作家的诗文集，而集部总集类列于郡邑一门的丛书有 77 种，更是地方文学作品的荟萃，清人总共编纂了多少这类总集，目前还难以估计。"[11]可以看出到了清代，小到乡邑，大到州府、郡邑，或称"地域"成为人们观察和总结文学发展的重要窗口。《清代文学论稿》一书甚至认为清代文学相比以前，最大的特征就在于地域文学传统的兴起。"当地域传统在这些文献中浮现出来，并被人们所接受时，它就对一个地方的文学传统和批评产生极大的影响，使当地诗人的师法、写作和评论有了

8　参见王萌：《明清女性创作群体的地理分布及其成因》，《中州学刊》2005 年第 6 期。
9　蒋寅：《清代诗学与地域文学传统的建构》，《中国社会科学》2003 年第 5 期。
10　敏泽：《〈清诗流派史〉序》，刘世南《清诗流派史》，人民文学出版社，2004 年版，第 2 页。
11　蒋寅：《清代文学论稿》，凤凰出版社，2009 年版，第 72 页。

一个更切近的参照系，最终使得文学批评的价值标准不能再局限于自诗骚到唐宋的经典传统，而必须与地域的小传统结合起来。"[12]文学史的这一发展变化，改变了以往人们理解和评判文学的参照系。

对于地域文学批评系统最为有力的建构莫过于以地域视域撰写诗话。在地域性诗文集大量出现的同时，评点和总结地域性诗歌的诗话在明清时期也开始大量出现。特别是到了清代，郡邑诗话多达三十多部[13]。关于地方性诗话的特点，蔡镇楚先生概括为三大特征："地方性诗话最突出的特点，一是地域性，论诗的对象与范围只限于一定的区域之内。……二是通于方志，或以诗存人，或以人存诗，使数以千百计的地方诗人特别是无名诗人及其诗歌赖以仅存，为编辑地方人物志和地方文艺志提供了极其丰富的宝贵资料。许多无名诗人乃至名气不大的诗人，不仅正史无传，连地方志亦无立足之地，他们的诗名早已堙没无闻，而在地方性诗话的字里行间，却能见其人而闻其声。特别是封建社会的妇女，地位低下，即便是大家闺秀、扫眉才子，也很难进入正史与地方志的历史王国，然而诗话却给予了她们以一席地位。……三是博于诗事，寓诗旨的探求于考述诗事之中。"[14]地域性诗话所发挥的这些功能，为构建地域文学传统提供了理论和文献支持。相比以往的文学传统而言，经由郡邑诗文集、诗话所建构起来的地域文学传统带来了不一样的关注焦点，人们不再仅仅局限于对个别精英作家的关注，而是将眼光投向更大的作家群体，在一郡一邑的文学生态群中理解文学发展的内在动力。地域文学传统的建立，一是使得本地作家对自身创作有了更为切近的参照系，让更多声名不大的作家在地方传统中有了恰当的文学史位置；二是更加凝聚了人们的地域认同意识，在小传统的文化共同体中形成文学发展的多元动力。明清时期闺秀群体的出现，和这种地域性文学传统的建立关系密切。大量无缘进入正史的闺秀们，在地域性文学传统中找到了自己的参照系和共同体，从而参与到了男性主导的文学史流变中。

从地域流派的规模来说，福建不及江浙，但在明清时期，福建也逐渐形成了具有全国影响力的诗歌流派。明胡应麟《诗薮·续编》卷一："国初吴诗派昉高季迪，越诗派昉刘伯温，闽诗派昉林子羽，岭南诗派昉于孙蕡仲衍，江右

12 蒋寅：《清代文学论稿》，第 74 页。
13 参见蒋寅：《清代郡邑诗话叙录》，《古典文献研究》1993-1994 年合刊，南京大学出版社，1995 年版。
14 蔡镇楚：《中国诗话史》，湖南文艺出版社，1988 年版，第 303-304 页。

诗派昉于刘崧子高。五家才力，威足雄踞一方先驱当代"[15]，可见在明代，闽诗派已是五大地域性流派之一。到了清代，闽地诗歌无论从流派的发展上，还是在文学文献的整理总结上，都发展到一个更高的阶段。福建的地域性诗文集、诗话集大量出现。就福建一省诗歌编纂而言，全省性的文集有：林从直《明闽诗选》《清闽诗选》，黄日纪《全闽诗俊》，郑杰《全闽诗录》，梁章钜《东南峤外诗文钞》《闽诗钞》。一郡一县的诗文集有：郑王臣《莆风清籁集》，涂庆澜《国朝莆阳诗辑》，佚名《莆阳诗编》，郑远芳《莆阳二十四景古今名人题咏》；泉州有陈棨仁，龚显曾《温陵诗纪》，阮旻锡辑《清源诗会编》；福州有叶观国《榕城杂咏》；佚名《武夷诗集》；佚名《武夷山诗集》；宁阳有阴燮理《宁阳诗钞》；伊朝栋《宁阳诗存》[16]。就诗话而言，陈庆元认为，清顺治到道光中，闽人所著诗话 10 余种，是南宋之后福建诗话产生最多的时期，其中著名的有叶矫然的《龙性堂诗话》、郑方坤的《全闽诗话》、郑王臣的《兰陔诗话》、梁章钜的《长乐诗话》《东南峤外诗话》《南浦诗话》《闽川闺秀诗话》等。就以诗话来建构地域性文学传统而言，梁章钜的地域性诗话最多，有刻本、抄本可查的达七种之多，雄踞嘉庆、道光之首。

二、梁章钜的地缘情怀与学术旨趣

梁章钜（1775 年-1849 年），历乾隆、嘉庆、道光三朝。乾隆四十年（1775 年）生于福州一书香世家，幼年随父读书；十四岁以童生第九名考入鳌峰书院，受教于福建著名理学家孟超然；十七岁以第一名考入长乐县庠；十八岁拜郑苏年为师，前后从学十年之久。郑苏年赏其才，将女儿嫁于梁章钜；二十岁乡试中举。后会试屡试不第，边设馆授徒，边参加会试；二十八岁以二甲第九名考中进士，授翰林院庶吉士；三十三岁执掌南浦书院讲习；四十一岁，拜翁方纲为师，从学三年；四十二岁以第一名考选军机章京。同年加入宣南诗社，同社诗友有陶澍，林则徐等人，彼时，宣南诗社所举办的文会，还有画家王学浩应收藏家潘曾沂之请所绘制的《宣南诗会图》[17]；四十八岁"由礼部授堂官以才

15 （明）胡应麟：《诗薮·续编》卷 1，中华书局，1958 年版，第 327 页。

16 郑宝谦主编：《福建省旧方志综录》，福建人民出版社，2010 年版，第 582-586 页。

17 《宣南诗会图》为清代画家王学浩应收藏家潘曾沂之请所绘制，可见清代乾嘉时期北京地区文官集团热衷雅集并绘制成图的风尚，亦可见当时以画为媒的诗文交际与应酬之风。此外，此卷的题跋可修订宣南诗社的相关史实。参见朱万章：《雅集与文会：王学浩〈宣南诗会图〉研究》，《美术》2023 年第 3 期。

具练达，克称厥职，保举京察一等。二月，由吏部引见，奉朱笔圈出，交本部堂官查看，复加才识精明，办事老练，堪胜外任考语，引见记名。以紧缺道府用，仍加一级。闰三月，授湖北荆州府知府。"[18]从此开始了长达二十多年的外宦生涯。历任江苏按察使，江苏布政使，护理江苏巡抚。在江苏为官八年，期间兴修水利，赈灾救困，政绩获得好评。后又任广西巡抚，江苏巡抚。在江苏巡抚任上，会同江南提督陈化成练兵抗英。最后在两江总督任上引疾回乡。道光二十九年（1849 年）在温州病逝。

梁章钜仕宦四十余年，为官清正廉洁，在地方任上抗灾赈难、兴修水利、治理漕运、肃清文闱，是嘉道间练达而守成的封疆大吏。好友林则徐对其评价"公性镇静，定识定力，卓然不摇，每当众议纷出之时，徐发一言，辄中窾要。平生特立孤行，空无依傍。膺圣主特达之知，为跻通显，处之泊然。为政持大体，不以科条缴绕。乐奖人才，出诸天性，故人皆乐为之用。"[19]

梁章钜同时也是嘉道时期著名的诗人、学者，"生平精鉴藏，其辨证金石，讨论隶古，与覃溪阁老，阮芸台太傅，伊墨卿太守，程春海少农特相器重，自弱冠至老不释卷，盖勤勤于铅椠者五十余年。"[20]梁章钜一生著书宏富，据蔡莹涓考证，著述有 85 部之多，遍涉经、史、子、集。有 17 部收录于《续修四库全书》。

梁章钜身处清代学术转折时期，由嘉庆到道光朝，乾嘉汉学弊端日渐明显，学者们埋头于训诂考据，经世致用之学日渐荒芜。清代中后期社会矛盾日渐剧烈，时代呼唤锐意改革的实干人才，经世致用之学再次兴起。梁章钜于思想变革之际的学术思想，调和汉学与宋学，旨归于经世致用。有研究观点认为，梁章钜的思想是"以宋学为体、汉学为用的调和观，推崇经世致用之治学"[21]。这一学术思想在梁章钜六十岁所著的《退庵随笔》中有明确的阐述：

> 治经者，不拘汉学宋学，总以有益身心，有裨实用为主，否则
> 无论汉学无益，即宋学亦属空谈。说经者亦期于古圣贤立言之旨，

---

18 （清）梁章钜：《退庵自订年谱》，《笔记小说大观》第 19 册，江苏广陵古籍刻印社，1983 年版，第 99 页。

19 （清）林则徐：《诰授资政大夫兵部侍郎都察院右副都御史江苏巡抚梁公墓志铭》，（清）闵尔昌纂录，《碑传集补》（一），台北明文书局印行，1985 年版，第 851 页。

20 （清）林则徐：《诰授资政大夫兵部侍郎都察院右副都御史江苏巡抚梁公墓志铭》，（清）闵尔昌纂录，《碑传集补》（一），第 852 页。

21 蔡莹涓：《梁章钜研究》，福建师范大学 2009 年博士学位论文，第 25 页。

> 愈阐而愈明，方于学者有益。乃今之墨守汉学者，往往愈引而愈晦，
> 抱残守缺，远证冥搜，每一编成，几与秦延君之释尧典二字，二十
> 万言；汉博士之书驴券，三纸尚未见驴字。吾友谢退谷所谓"诵记
> 虽得，探讨虽勤，而一遇事全无识见，一举念只想要钱"，不亦重可
> 叹哉。[22]

梁章钜受其父影响早年倾心宋学，中年转治汉学，但他并不墨守一家，而是统合两派之长以有利于治世，这与他多年的地方仕宦经历密不可分。

梁章钜无论是主持书院，还是任职一方，特别留心地方诗文的收集整理，以有益于地方文教。从诗学方面观之，梁章钜推崇翁方纲以学为诗的诗学观，重肌理，尚质实，远唐近宋，其经世致用的思想体现在对诗教传统的重视。无论是在社会功用上，还是在对纲常伦理的阐扬上，梁章钜都非常重视诗的交际与化民功能。

梁章钜还编写了一系列的地方性诗话与诗文集。这些诗文集的辑成表现出他强烈的地域文化情怀。嘉庆丁卯（1807 年）他来到浦城任南浦书院讲席先后达六年之久，期间编写了《南浦诗话》。在《南浦诗话》的例言中，他表达了自己的编写动机：

> 吾乡自郑荔乡先生辑《全闽诗话》，林苍岩先生辑《榕海诗话》；
> 荔乡兼收全省，苍岩例止福州；此后无继响者。章钜于嘉庆丁卯，
> 来主南浦讲习，自维占毕之学，鲜稗于人；而网罗旧闻，表扬前哲，
> 本为性之所喜。因于训课余暇，搜采邑中志乘，旁及四部之储……
> 浦邑自两宋时，文物之盛，颉颃中州，入元而其风稍替。然仲宏一
> 老，犹堪雄长东南。明代则文献缺如，寂寥无考，兹编前繁后简，
> 详古略今，亦势使然也。[23]

闽北浦城，是唐以来的文教渊薮。据统计，五代至清，登进士第者凡 171 人；在南宋时期尤名家辈出，如理学家真德秀，诗人叶绍翁等。面对散佚的乡邦文献，梁章钜萌生出"网罗旧文，表扬前哲"的想法，以诗话的形式，将浦城一地由唐至清的诗人及诗文整辑出来，这表现出他强烈的地方关怀意识。正如祖之望在《南浦诗话》的序言中所说，"余惟诗话与史志相表里，以诗存人，以人

22 （清）梁章钜：《退庵随笔·读经》卷 14，《笔记小说大观》第 19 册，第 177 页。
23 （清）梁章钜：《南浦诗话》例言，1a-2a，清光绪三十一年浦城祝氏铅排印本，福建图书馆藏。

存诗，以诗纪事，艺文、人物、宦迹、烈女其彰彰矣。"[24]诗话不仅仅是给史志提供了材料，同时也建构起关于地方的文化记忆，让阅读诗话的读者体会到地缘相近的文化归属感。值得注意的是，梁章钜在《南浦诗话》第七卷特列"闺秀"一门，收录由宋到明的九位闺秀诗人，可见梁章钜很早就关注闺秀诗人了，由此可以理解在他晚年编撰《全闽诗钞》时，何以将闺秀诗话单列成书了。

除《南浦诗话》外，梁章钜地方性的诗话还有《长乐诗话》《南浦诗话》《东南峤外诗话》《三管诗话》《雁荡诗话》《闽川诗话》，其基本况如下表：

表七：梁章钜地方诗话编纂情况表

	书　名	成书时间	相关地域	著录、收载或出版情况
1	《长乐诗话》	嘉庆十一年（1806年）年辑于福州	长乐	民国《长乐县志》著录。南开大学图书馆藏张东皙旧藏稿本六卷二册，上图藏有清手抄本，六卷二册。
2	《南浦诗话》	嘉庆十五年（1810年），辑于福建浦城	浦城	同年长乐梁氏刊本，八卷四册。线装，七行十八字，小字双行同，黑口，四周双边，单鱼尾。另有嘉庆十七年（1812年）留香室刊本，光绪三十一年（1905年），浦城祝氏排印本，国学珍籍汇编本，台湾广文书局1977年国学珍籍汇编本，影印本。国图，上图，闽图有藏。
3	《东南峤外诗话》	道光十二至十三年（1832-1833年）	福建	清抄本，十卷三册，朱格，九行二十二字，白口，左右双边，单鱼尾，缺目录、序跋，卷五缺第九及第十二页，国图藏。另有清刊本一册，闽图藏。
4	《三管诗话》	道光二十一年（1841）	广西	同年福州刊本，线装，三卷一册，九行二十二字，黑口，左右双边，单鱼尾，福建师范大学图书馆，广西省图书馆有藏。另有广西人民出版社1996年蒋凡校注本。
5	《雁荡诗话》	道光二十八年（1848年）	温州	道光二十八年温州刻本二卷一册，闽图藏；咸丰壬子1852年，文化堂刻本，线装，二卷二册，十行二十二字，白口，左右双边，单鱼尾，白纸本，国图藏。另有台北新文丰出版公司1987版。

24　（清）祖之望：《南浦诗话》序，1a-1b，清光绪三十一年浦城祝氏铅排印本，福建图书馆藏。

6	《闽川诗话》	约在道光二十年（1840年）至二十九年（1849年）	福建	残本，不分卷，无序。谢章铤《赌棋山庄钞本》，线装，十行二十四字，白纸本，湖北省博物馆藏。

《长乐诗话》是梁章钜最早编纂的地方性诗话，收录了从晚唐林慎思到梁章钜曾祖父梁砥峰的62位长乐县诗人；《东南峤外诗话》专收福建明代诗人，开地方断代诗话之先河；《三管诗话》是梁章钜任广西巡抚时所编纂，是在他所编纂的《三管英灵集》基础上所抽出的单行本；《雁荡诗话》是晚年梁章钜就养温州时所作，和《闽川闺秀诗话》差不多同时完成，专为雁荡一山之游而创设的诗话；《闽川诗话》是残本，所录多为乾嘉时期的福建诗人[25]。从这些诗话的著录情况可以看出梁章钜对地方文献的热心与投入。除编纂地方性诗话，梁章钜还有其他作品表现其地方意识，如《乾嘉全闽诗传》《闽川义选》《闽诗钞》《闽文复古编》《东南峤外诗文钞》《三管英灵集》《闽文典制钞》《武夷游记》等，其地方意识可见一斑。

如果说梁章钜进行郡邑诗话以及其他郡邑文献的编纂，是他经世致用思想的间接体现，那么其创作的诗歌中则有他经世致用思想的直接体现。梁章钜的诗学观深受翁方纲以学人诗理论的影响，讲究以学问、考据及说理入诗，故而诗风笃实质朴。在梁章钜所坚持的以诗为教的诗歌社会功用观中，诗之用分为两个层次：一方面是在经史训诂、金石考据、典实溯源等学问研习中的记录功能，另一方面是诗歌在社会交际中的宣示、告谕、劝解等交流功能，其中，可表现诗歌对纲常名教的维护，在兴、观、群、怨中秉持道德准则，力求温柔敦厚的诗则。

前一方面的实用精神，通过梁章钜刚任职于地方处理一件地方纠纷中可以看出。道光壬午年（1822年），梁章钜48岁，"授湖北荆州府……六月莅荆州任。……先是，所属监利县与沔阳州民以争水相仇杀，官不能治，大府檄予驰往查办。乃先以诗歌代为文告劝谕之，又为亲莅水滨，议清界址，两境士民悉服，其患遂平。"[26]以下是梁章钜的五首代为文告的《谕监利士民》：

> 朝承大府檄，暮为监利行。大江东南流，送此扁舟轻。舟中颇
>
> 无事，却顾南纪城。讼徒待我释，积牍须我清。迫此岁凛凛，增我

---

25 有关梁章钜诗话著录的详情，参见蒋凡：《关于编纂梁章钜诗话著作全编之设想》，《中国文学研究》，2002年第1期。

26 （清）梁章钜：《退庵自订年谱》，《笔记小说大观》第19册，第99页。

心怦怦。速去且勿道，一身难兼营。即事费踌躇，远迩同此情。中夜不能寐，如闻怨咨声。

读书苦不多，更事复太浅。农田水利务，未能洞原本。半年坐郡斋，德薄才更短。未信而劳民，奚由致恳款。敢矜吾舌掉，所恃寸心展。斯民直道行，何分潜与沔。保赤在诚求，不中庶不远。

省檄一何厉，危词惕因循。谓事倘不集，重咎加其身。一官身外物，得失安足论。但念守兹土，何以谢我民。既务民隐达，复期民气醇。徒凭吏打门，焉能化如神。莫疑大府严，莫怨县官嗔。大府势阔绝，县官法必伸。斟酌恩威间，老守当谆谆。

乐利自在民，于官本无与。而必官为谋，民亦当有悟。官民本一体，况属巨室慕。先畴食旧德，名器非轻付。如何昧前车，不为导先路。尔自保田庐，尔自泯祝诅。时哉弗可失，念念春雨注。自非木石心，焉能悍不顾。

感人徒以言，所持本区区。未能剔鼠蠹，焉得孚豚鱼。以此排众议，不携一吏胥。喜仗丞尉贤，为我先声敷。十室有忠信，矧兹古名都。挺身任义举，方不惭绅裾。导之使尽言，尔我无诈虞。我诗代文告，莫哂迂儒迂。[27]

在这几首诗中，作者先从私人的角度表达自己对这件事的关心与忧虑；再叙说自己的才短德薄，难以胜任，并阐明自己在这件事上所坚持的公心，也表明只要大家有公心，此事并不难解决。接着从官府的角度，重申了不为自己谋利、而为百姓利益努力的立场。最后申明通过这件事，要把那些不法之徒和私利熏心者清除，重新恢复古名都的淳朴民风。这组诗歌完全是现实事件的记录和写照，贯穿其中的是殷切的爱民之心。显然这与偏于营造审美意境的诗歌不一样，这样的诗歌偏重对现实生活的介入，甚至成为现实焦点事件的直接呈现。

在梁章钜个人的诗歌集中，伴随其丰富的仕宦经历而产生的这类诗歌非常多，如记录疏浚河道工程后所作的《闻监利疏河已有成局喜而赋此》，在苏州任上做的《河上杂诗》，归田后听到夜雨缓解旱情而作的《喜雨》等，都体现出他心系世事、关切民生的真挚情感。这些诗作都是将诗歌作为记录政事、

---

27 （清）梁章钜：《谕监利士民》，《退庵诗存》卷10，《续修四库全书》第1702册，
上海古籍出版社，2002年版，第522-523页。

感化民众的有效工具。梁章钜的这类诗歌既是自己为官理政的记录，也是一地民情民风的写照，更是作者察民瘼、治民生的施政理想的诗化表达。

　　梁章钜有不少诗作以诗歌维护宗法伦理道德，发挥以诗教化民众的功效，是其以经世致用为核心的诗教观的具体体现。梁章钜编纂的地方性诗话也非常注重诗歌所传达的道德教化意义，在他生命的最后几年所编纂的《闽川闺秀诗话》也是如此。如何看待和评价梁章钜这一诗学观，是一个非常复杂的问题。梁章钜身处中国近代化的开端，其周围的朋友也多开明之士，如林则徐、魏源、陶澍等人。但时代的变动还不足以触动他们奉为安身立命的道德准则，以及以道德教化匡救时弊的经邦治国理念，他们在传统道德的限度内做出自己的努力，而不可能超越身处的历史限阈。

三、家族记忆与地域意识的融合

　　在广西巡抚任上的最后一年半，年已 67 岁的梁章钜被紧急调任江苏巡抚，在上海协同陈化成抵抗英军入侵，其相对平静的仕宦生涯被鸦片战争打乱。是年八月两江总督裕谦在镇海殉国，梁章钜旋即任两江总督；上任三月余即病倒，"公综核其事，昼则尽治官书，夜则亲巡河干，无稍休暇。他事未遑设施，而公已病作，请告，从此不复出矣。"[28]道光二十二年（1842 年）引病告退的梁章钜本想回福州，然而清政府已经和英国签订开放协议，"复闻英夷要在福州设立码头，已经疆臣奏准。城中士民惶惑，有纷纷逃避之意。不得已暂住南浦，借宅而居焉"[29]，从此在南浦一住四年。73 岁时，梁章钜又北上浙江，被三子恭辰迎养温州府署，而《闽川闺秀诗话》就是在梁章钜生命的最后两年完成的著作之一。

　　晚年的梁章钜再也未能回到生养他的福州。仔细阅读梁章钜晚年编撰的《闽川闺秀诗话》，其中对地方风物与族裔家事饱含温情。他在编纂《闽川诗钞》过程中，之所以先把闺秀一门单独辑出，应该不乏对家族的追念。因此在《闽川闺秀诗话》的编纂动机中，在地缘情怀的观照视野中首先凸显出的就是这种萦怀难忘的家族记忆。

　　整部《闽川闺秀诗话》主要是由福州梁、郑、黄三大家族的闺秀构成。三

28　（清）林则徐：《诰授资政大夫兵部侍郎都察院右副都御史江苏巡抚梁公墓志铭》，
　　（清）闵尔昌纂录，《碑传集补》（一），第 850 页。
29　（清）梁章钜：《退庵自订年谱》，《笔记小说大观》第 19 册，第 101 页。

家之间又有复杂的姻亲关系。而梁章钜与其中女性的关系，有的是基于家族血缘关系所产生的，有的是通过姻亲关系产生的，有的是通过师友关系产生。当然，通过家族血缘关系产生的关系，对于人的情感和经历的影响最大，也最为持久。

在梁章钜幼年的成长经历中，周围的女性给予他生命成长最为深刻的记忆：有对长辈品德才行的敬爱，有与平辈女性的手足之情，这些早年的记忆成为他不可或缺的精神滋养，也形成了他的价值趋向，也是他对于晚辈女性文学创作的鼓励的缘由。当然，《闽川闺秀诗话》要为众多的闺秀立传留名，不可能成为一己的私人记忆集合。从梁章钜的撰写策略来看，对家族女性文化形象的建构其实已经超越家族，构成对整个闽地女性形象的建构，因此编纂能否大成，须要在对地方女性诗歌的搜集和审视的基础上，从个人的情感视野中跳出来，展露不同家族，以及众多闺秀诗人的人格魅力，起到性别文化传承的职能，以及将《闽川闺秀诗话》起到影响整个闽地的意义，在这方面，梁章钜确实做到了慎思详选。

当然，毕竟出发点是家族记忆，因此在诗话中不乏抒情化笔调。在这些记录生活片段文字中，有对慈母的深深追念，有对妻子的温情记忆，有对和姊妹们一起度过欢乐童年时光的缅怀。如对梁符瑞的记录，"紫瑛六妹，九山公长女也，适闽县湖北天门令龚丰谷。天门有循声，而紫瑛尤能以勤俭佐之，故中年以后，不暇兼涉吟事。犹忆余少时与紫瑛同学为诗于许太淑人，每拈一题，紫瑛辄有灵颖之句，而笑余钝置，太淑人亦多护之，余实自愧弗如也。今忽忽五十余年，每诵陆放翁'青灯有味似儿时'句为之惘然"[30]。已到暮年的梁章钜，回忆幼年和紫瑛学诗的有趣场景：紫瑛聪慧而自己迟钝，转眼间五十余年过去，紫瑛已是严谨持家的主妇，而自己客身异地，所引陆放翁诗读来令人倍感惆怅，文笔颇似优美流畅的小品文。

相对于这些私人化的情感记忆，梁章钜更多的是把本家族有代表性的闺秀人格作为典范提炼出来，秉承他所注重的诗教观，一方面彰显闺秀们在诗礼传家的母教中所发挥的重要作用；另一方面则是凸显她们坚毅果断，独当一面的精神，二者一起形成闽地女性独特的精神气质，既严守礼教又果敢坚毅，从而跳出家族藩篱，成功地建构起闽地女性的文化谱系。

30　（清）梁章钜：《闽川闺秀诗话》卷 3，见《续修四库全书》第 1705 册，上海古籍出版社，2002 年版，第 644 页。

官宦之家的闺秀有很强的家族观念,传统的宗法伦理深深地内化于心,使得她们对于家族荣誉感有着自觉的维护,体现出诗礼传家的重要力量。梁章钜的母亲王淑卿和叔母许鸾案就是这方面的典范。梁章钜的母亲不仅在未出嫁时就割臂疗亲,以孝著称,还以诗歌来颂扬家风和先祖,以此激励梁章钜勤奋读书以光耀家族:

> 先太夫人尝语章钜曰:"日来汝父与汝曹讲吾宗故事,并蒙翻史传相示,颇有会心。因学作述德诗四首,一为周先贤叔鱼公,一为汉慿咸侯叔敬公,一为汉高士伯鸾公,一为唐补阙敬之公。"其《伯鸾公诗》末联云:"秦关与吴会,何地荐蘩蘋。"盖伯鸾公生于秦,而寓于吴,遂终于吴,乃两地并未闻立有祠宇,殊为缺典,故太夫人此诗尚作疑词。及章钜官吴中,屡寻公祠墓,不可得,乃就皋□近地建祠立碑,并辑《梁祠纪略》两卷。吴人又从而咏歌之,传为盛事,实太夫人之诗有以发之也。[31]

从这则诗话中,我们不难看出,梁章钜的诗教观不无母亲的影响。

而叔母许鸾案得享高寿,年逾八十,[32]应该说这位母辈女性给梁章钜留下了非常深刻的记忆,许鸾案是典型的出身诗礼之家且具有良好文化修养的闺秀,善主家政而又兼擅诗文艺术,生长名家,濡染庭训,敦诗悦礼,蔚为女宗。事九山公相敬如宾,虽日以诗律唱酬,而内政肃然,三党咸钦式之。余总角时即从太淑人受五七言句法。膝前三女,皆娴吟咏,至今内外群从,人人有集者,有淑人之力为多。"[33]可见这些典型闺秀大家在诗礼传家的母教中所发挥的巨大影响力。

这些家族女性在家庭内部严守宗法伦理道德,在外也能独当一面,展现出闽地闺秀果敢坚毅的秉性。梁章钜的夫人郑齐卿就是这方面的典型代表,既重女德,擅长诗文,在必要的时候可以独当一面:

> 夫人读书不多,而遇事每能禀古义。忆道光甲申秋,余由淮海道调署苏州臬司,眷属仍寓袁浦廨中。是冬,洪泽湖盛涨,人心惶

---

31 (清)梁章钜:《闽川闺秀诗话》卷3,见《续修四库全书》第1705册,第641页。

32 许氏名馥荃,鸾案为其字。见施淑仪:《清代闺阁诗人征略》卷5,见王英志主编:《清代闺秀诗话丛刊》第3册,第1933页。

33 (清)梁章钜:《闽川闺秀诗话》卷3,见《续修四库全书》第1705册,第642页。

惶。夫人熟知"倒了高家堰，淮扬不见面"之谚，不胜其忧。未几，而高家堰之口果开，浦中人情震恐，水已洊至，时值辕一老军校启曰："署后现备一大船，请凿垣出，登舟以避之。"夫人笑曰："此时遍地皆水，无舟者多，我舟独能完乎？万一有他故，徒滋口实，不如登楼守之"，佥曰："水高下不可知，楼材更不可恃，事急矣，请早为计。"夫人晓之曰："此莫大劫数也。吾夫及长子皆已在苏州，不为绝矣，吾又何求。汝曹有怕死者，随其所往。我不强留也"合署乃肃然不敢动，而飞骑旋报水已南徙，此间可无虞矣。时袁浦自帅垣以下，各官眷属皆有登舟之议，探闻夫人之言，莫敢先发，河上人至今能道之。夫人有《纪事》截句云："牵船上岸太无端，坐守危楼理始安。幸我此心如止水，早闻飞骑报回澜。"[34]

郑夫人在关键时候能够独当一面，足见良好的修养与坚强的意志。这也对梁氏后辈女性有着重要影响。正如梁章钜四兄梁泽卿的女儿梁金英，"归国学生林庆藩，潍县令士骏子妇也。士骏全家俱随任，适教匪闯入县衙，庆藩踉跄外逃，正为贼所追。淡如伏庆藩背上，以身当数刃，贼随去。庆藩得无恙，而淡如刃疮历数月始合，亦得不死，论者奇之"[35]，以身护夫的梁金英有梁家女性果敢坚韧的一面。

这样一种叙述视角也影响到了其他的关于闽地闺秀的选录和记述，正如丁芸《闽川闺秀诗话续编》中有对于林则徐次女林普晴的记述：

文忠公次女普晴，字敬纫，为沈文肃公夫人。通书知大义。咸丰六年，文肃公署江西广信府，八月赴河口，劝捐助饷。粤寇杨辅清连陷贵阳、弋溪等县，军民溃散。夫人怀印与剑，日坐井阑，以死自誓。仆媪请暂避，皆却之。时闽人饶壮，勇公廷选领浙军驻玉山，夫人刺血作书致饶公求援。书云："将军漳江战绩，啧啧人口，里曲妇孺，莫不知海内有饶公矣。此将军以援兵得名于天下者也。此间太守，闻吉安失守之信，预备城守，偕廉侍郎往河口筹饷招募，为势已迫。招募恐无及，纵仓卒得募而返，驱市人而使之战，犹所难也。顷来探报，知昨日贵溪失守，人心皇皇，吏民铺户，迁徙一空，署中僮仆纷纷告去，死守之义不足以责此辈，只得听之。氏则

34 （清）梁章钜：《闽川闺秀诗话》卷3，见《续修四库全书》第1705册，第643页。
35 （清）梁章钜：《闽川闺秀诗话》卷3，见《续修四库全书》第1705册，第651页。

倚剑与井为命而已。太守明早归郡，夫妇二人荷国厚恩不得藉手以
报，徒死负疚。将军闻之，能无心恻乎？将军以浙军驻玉山，固浙
防也。广信为玉山屏蔽，贼得广信乘胜以抵。玉山，孙吴不能为谋，
贲育不能为守，衢岩一带恐不可问。全广信以保玉山，不待智者辨
之，浙大吏不能以越境咎将军也。先宫保文忠奉诏出师，中道赍志，
至今以为心痛，今得死，此为厉杀贼，在天之灵实式凭之。乡间士
民不喻其心，以舆来迎，赴封禁山避贼。指剑与井示之，皆泣而去。
太守明晨得饷归后，当再专牍奉迓，得拔队确音，当执羹以犒前部。
敢对使肃拜为七邑，生灵请命。昔睢阳婴城，许远亦以不朽。太守
忠肝铁石，固将军所不吝与同传者也，否则贺兰之师，千秋同恨，
惟将军择利而行之，刺血陈书，愿闻明命。"[36]

兵患当头之际，林普晴临危不惧，以死守城，驰书求援，所作求援书极有章法，
气势丰沛，打动人心，先赞对方以援兵闻名天下，次叙己方危急形势，再叙守
城死志。层层转进，以气、以理、以情动人，见文笔、见卓识，最终得到了救
援。其功绩被曾国藩奏于皇帝，闻名天下，并且一同在沈葆桢的文肃专祠被供
奉祭奠。

大致而言，江浙闺秀"才媛""诗媛"气质浓，而闽地闺秀并非单单是闺
阁中擅长诗词书画之佳人，而务实之风、刚毅之气更浓。从撰述策略的角度而
言，《闽川闺秀诗话》是家族记忆与地方意识相融合的产物，是在个人话语和
公共话语的统合中建构出闽地女性独特的精神气质与文化形象。

总体来说，《闽川闺秀诗话》无论是在清代众多的诗话著作中，还是在
梁章钜本人的诗话著作中，都别具特色，并且在清代诗话中开地域性闺秀诗
话之先河。清代男性作家关注女性创作的诗话著作，始于清初陈维崧的《妇
人集》，陈维崧主要是基于其交游而编撰《妇人集》，是其流寓如皋冒襄水绘
园期间完成的，女诗人、女词人并收，虽人数不多，但范围较广，主要集中
于吴越。《妇人集》篇幅不大，其重要意义在于开创了闺秀诗话的体例，其
后闺秀诗话大多沿袭《妇人集》体例。清中期袁枚在其《随园诗话》等一系
列著作中关注女性诗文创作，特别是围绕袁枚与陈文述的随园女弟子和碧城
女弟子，在"性灵说"的鼓吹之下，女性的创作受到极高的重视，但其风流

---

36 （清）丁芸：《闽川闺秀诗话续编》卷 2，见王英志主编：《清代闺秀诗话丛刊》第
1 册，第 199-200 页。

自命的作派饱受诟病。应该说清代著名文人从吴梅村、毛西河开始，大多比较关注女性创作，但大多数是以序跋、选集方式关注，撰写闺秀诗话的并不多，即如袁枚这样推崇女性创作的名士，也没有编写专门的闺秀诗话。[37]梁章钜的《闽川闺秀诗话》是清代闺秀诗话的成熟之作，集地域关怀与家族记忆为一体，并对前人著录有所评价，如"张季琬"条中，对袁枚误将张季琬当做黄任妻庄氏提出批评，"而《随园诗话》以为黄莘田妻，与莘田同有研癖，捕风捉影之谈，随园老人往往孟浪如此"[38]。可以说，《闽川闺秀诗话》是清代成熟的闺秀诗话著作。其所开启的地域闺秀诗话传统，为丁芸所继承，丁芸接续梁章钜的闺秀诗话撰写传统，著有《闽川闺秀诗话续编》《历代闽川闺秀诗话》，可以看出丁芸在梁章钜的基础，试图建立起完整的闽地闺秀诗话的链条。

第三节　从《闽川闺秀诗话》看闺秀诗的辑录方式与传播界阈

详细考察《闽川闺秀诗话》所收录的闺秀诗人，可以看到闺秀诗的传播具有限制性和不平衡性。这种限制性传播来自于传统性别文化，受制于女性身份的道德规约，其传播领域多半在家族和地域中。在前面有关文献来源的统计中，已经涉及到闺秀诗歌的传播方式，闺秀诗歌的传播有如下三种：一是家族内部的传播；二是地方志与诗文集的收录传播；三是经由交游酬唱、题画诗等方式的传播。

一、家族传播与保留筛选

中国古典诗论强调诗歌"群"的功能，"诗可以兴，可以观，可以群，可以怨"，关于"群"，孔安国注为"群居相切磋"[39]，朱熹注为"和而不流"[40]，诗人们在交游和唱和中可以获情感的交流和诗艺的提高。

明清之际，传统观念虽有着较大的松动，闺秀的文学创作、流传呈现了多

37　《贩书偶记》中提及乾隆年间有抄本《随园闺秀诗话》一卷，但袁枚本人并未提及，或是摘抄《随园诗话》中涉及闺秀诗话的部分而成。

38　（清）梁章钜：《闽川闺秀诗话》卷1，见《续修四库全书》第1705册，第630页。

39　《论语注疏》，见（清）阮元校刻：《十三经注疏》（清嘉庆刊本），中华书局，2009年版，第5486页。

40　（南宋）朱熹：《四书章句集注》，中华书局，1983年版，第178页。

元化的态势，但"内言不出于阃"[41]的陈习的影响依然很大，限制着闺秀诗歌的流传，闺秀们的创作环境依然相对闭塞，有的作品产生后即被销毁，如许福祉"虽喜吟咏，而从不存稿"[42]；施朝凤"晋江陈日蓁妻施氏，世骒女。工诗。自以闺作不宜见于外，诗成即焚"[43]；郑徽音"通文翰，在家时与诸兄唱和，旋焚弃之，以吟咏非女子所宜也。今所存者，《别吴门大姑》及《训侄》之律，犹有《柏舟》之遗风"[44]。以上作品的销毁都是闺秀们的自发行为，可见传统观念渗透之深。此外，"莆田诸生周闻妻方氏能诗，闻有妹庚亦知书，方氏教之，多相酬唱，闻欲取其集合刻之，方辞曰：'吾妇人，文非其宜也'。后闻殁，方哀毁，矢节，尽取平生所作焚之，集不传。"[45]可见，家族内部的闺秀间虽有酬唱之举，但是刻集流传则在自我禁止和否定之列。

著名现代女学者冼玉清在编纂《闺秀艺文志》时，曾总结女性在诗文上能有所成就并有作品流传于世的原因时，做了这样的概括："就人事而言，则作者成名，大抵有赖于三者。其　名父之女，少禀庭训，有父兄为之提倡，则成就自易。其二才士之妻，闺房唱和，有夫婿为之点缀，则声气易通。其三令子之母，侪辈所尊，有后嗣为之表扬，则流誉自广。"[46]可以看出，闺秀诗人的作品能否流传，和其所处的家庭环境特别是家庭中父兄夫子等男性亲属有莫大的关系。在家庭关系中，婚姻对于闺秀诗歌的流传尤为重要，如婚后夫妇和谐与否，夫妻二人是否具有比较均等的文化素养等，都会影响闺秀作品的传播。如徐德英，"字澄渚，俞氏，纨绔儿也。合卺之夕，傅母甚之曰：'郎君属对而后就寝'，徐指二砚属句曰：'点点杨花入砚池，近朱者赤，近墨者黑。'俞缩瑟不能成句。徐笑曰：'何不云双双燕子飞帘幕，同声相应，同气相求。'自后抱贾大夫之恨，时形笔墨。徐氏卒，俞氏子取其著作焚弃之。仅存批点《二十一史》"[47]，合卺之夕本应颇具情趣的风雅对仗，妻子自

---

41 《礼记·曲礼》，见（清）阮元校刻：《十三经注疏》（清嘉庆刊本），第 2686 页。

42 （清）梁章钜：《闽川闺秀诗话》卷 4，见《续修四库全书》第 1705 册，第 652 页。

43 （清）丁芸：《闽川闺秀诗话续编》卷 3，见王英志主编：《清代闺秀诗话丛刊》第 1 册，第 312 页。

44 （清）丁芸：《闽川闺秀诗话续编》卷 3，见王英志主编：《清代闺秀诗话丛刊》第 1 册，第 305 页。

45 （清）丁芸：《历代闽川闺秀诗话》卷 5，侯官丁氏民国二十九年刻本，国家图书馆藏。

46 胡文楷：《历代妇女著作考》，上海古籍出版社，2008 年版，第 951-952 页。

47 （清）郑王臣：《莆风清籁集》卷 51，见《四库全书存目丛书》集部 411 册，齐鲁书社，1997 年版，第 719 页。

酬自唱，丈夫哑口无言，对于女性而言，沉闷狭小环境中无人赏识的悲伤，注定了二人生活的不和谐，直至后来妻子郁郁而亡,作品身后大多遭到焚毁，实在可称悲剧。

《闽川闺秀诗话》涉及的闺秀作家，以梁章钜家族、郑方坤家族、黄任家族为主，这三大家族都是诗书世家，都有著名的男性学者、诗人为家族核心。良好的文化氛围中闺秀的诗歌创作受到鼓励和重视，其作品的刊刻与流传更是代表着一个家族的文化声誉。正如梁韵书在《闽川闺秀诗话》的序言中所言：

> 吾乡名媛旧有诗名于世者，以郑荔乡家为最盛；今则吾家自王太夫人、许太淑人以下，亦有十余人，足与荔乡家后先辉映，为闾里荣。而在编中所附朱梅厓、鲁秋塍、汪瑟庵、林樾亭、吴清夫、陈云伯诸先生传序，皆洋洋名篇，尤足增重，则是书且当传之不朽。[48]

可以看出，刊刻闺秀诗集，一者在地方家族是一种文化实力的展现，二者也是地方文化昌盛的表征，即"为闾里荣"。这些闺秀诗人的流传，都有赖于男性力量的助推。就以梁章钜最为推崇的梁家闺秀诗人梁韵书而言，梁章钜不但让她协助编纂《闽川闺秀诗话》，而且梁韵书也通过梁章钜介入到当地男性的精英文化圈中，其作品大受赏识。"吾乡鳌峰书院有诗赋课。一日以《荔支香》命题，蓉函偶为群从捉刀挥笔成之。时陈恭甫编修主讲席，得一卷为之拍案叫绝，持以谂余。余早知出蓉函手，以实告之。编修曰：'后幅波澜老成，未经前人拈出，此必传之篇。吾乡才士虽多，恐皆为之搁笔矣'"[49]。欣赏梁韵书诗作的陈恭甫，即陈寿祺，为乾隆、嘉庆、道光之际闽省的大儒，他主讲泉州清源书院十年，福州鳌峰书院十一年，学生遍八闽，影响很大。[50]可以看出梁韵书已经在士人圈子中很有名气，虽然梁韵书自己的诗文集《静庵诗文草》八卷（《闽川闺秀诗话》作《静庵吟草》）只存目无传，其诗作除了收录于《江田梁氏诗存》（梁氏家集）外，恽珠的《国朝闺秀正始集》、施淑仪的《清代闺阁诗人征略》、徐乃昌的《闺秀词钞》中都收录了她的诗作。再如梁章钜三子妇杨渼皋。杨氏母家并未有诗歌写作风气，"余三子妇杨渼皋，字婉蕙，为竹

---

48 （清）梁章钜：《闽川闺秀诗话》，见《续修四库全书》第 1705 册，第 621 页。
49 （清）梁章钜：《闽川闺秀诗话》卷 3，见《续修四库全书》第 1705 册，第 645 页。
50 陈庆元：《福建文学发展史》，福建教育出版社，1996 年版，第 453 页。

圃方伯之女。竹圃口不称诗,但授以书义,故婉蕙少不知有声韵之学",杨渼皋真正学习诗歌创作还是得自梁氏家族的熏陶,"迨归余三子恭辰,时恭儿方习举子业,亦不暇言诗,而余同堂妹蓉函好作诗而工,婉蕙喜从之游。适余长女筠如、次女寿研方学为诗,遂相约受业请题为课,而婉蕙骤有所解。女红酒食之隙,舟车侍游之余,复随题有作,数年间积至百数十首。婉蕙素善病,其于诗又好为苦吟,余常诫其以节思虑养心性为要,而作者辄不能自休。喜其慧且勤也,遂亦听之。而婉蕙遂自次所作为《榕风楼诗存》矣。"[51]杨渼皋亦见于《名媛诗话》:"芝仙寄相识投赠之作,命采数章于诗话。最佳者有连城杨渼皋,著有《榕风楼诗钞》。方伯簧公女,太守梁恭辰室。"[52]

开明环境中的闺秀诗人有着更多文化和社会资源,眼界开阔,作品艺术质量较高,再加上名人评点的传播效应,使得大家族的闺秀诗人的作品有了较为广泛的流传渠道。

不过需要补充的是,尽管明清时期闺秀创作和编订诗集成了一种比较普遍的社会风尚,但是从流传的角度来看,仍然是一种保留性流传,或者说是间接性流传,这些闺秀诗歌的传播从根本上而言,是经过男性的筛选后有选择性的流传。即通过他人之口(主要是女诗人的亲属,如父亲,丈夫等)转述的,因此,这样的流传方式暗含着一种文化博弈,即女性的才能与德性之间的博弈。明清时期一方面是女性创作的高涨,另一方面对女性的道德限制也在加深。在梁章钜的选择中,显然相对诗才,闺秀的道德则是首先考虑的对象。

二、方志辑录与地方教化

在闺秀作品传播中,最耐人寻味的是节烈妇作品的传播。一方面,其表达和传播受到一定的限制,只能在有限范围内,这是深植于宗法伦理对闺秀的约束。一般来说,由于封建伦理及风俗禁忌之故,丈夫去世后,女子的行为更是受到很大的约束,有的女子甚至幽闭于自家楼中,足不出户,交际圈子大为缩小,民间有寡妇不夜哭之说,而丧偶女子心声发为歌诗必然是悲苦之音,因此,其诗作往往是回避的对象。但同时,女子能够守节至高龄,并且教子成立,那么节妇又成为了很好的表彰样本,其作品编集又可以为社会教化所用。

---

51 (清)梁章钜:《闽川闺秀诗话》卷3,见《续修四库全书》第1705册,第648-649页。

52 (清)沈善宝:《名媛诗话》续集下,见王英志主编:《清代闺秀诗话丛刊》第1册,第609页。

明清时期，政府和民间热衷于编撰地方志，地方志作为一地历史、政治、风俗和文化的集合体，节烈妇的收录是重要的板块。房琴在考察海宁文人对地方形象的建构时，提到地方志之所以辑录大量节烈妇的动因："自明末以来，地方志中大量的列女传记也说明了女性在构建地方性中成为不可缺少的角色。女性尤其是节妇在地方志中已经被物化成地方文化品、地方风景，成为地方性与道德性的象征与载体。对她们的推崇成为本地民众表达自己对故乡热爱与忠诚的手段，也是文人树立自己地方权威的基础。"[53]节烈妇的创作和传播有这样的特点，她们去世后，对于其集子的流传，民间和政府予以鼓励和支持，使其成为封建时代妇女教化的良好教材。特别是集子中的题词，有着鼓励和褒扬贞守节烈的效果。如"侯官林瑱，字自芳，为天玉广文之妹，归谢廷诏。早寡，以节孝受旌。陈秋坪先生云：'孺人有诗数十章，五十年来未尝问世。今年近七旬，白发皤皤，身受旌典，其嗣子善垂始裒集以示人，人亦始知谢家妇之能诗也。'"[54]可见林瑱尽管颇有创作，但其作等到年老之后方由嗣子加以刊刻流传。再如"方宛玉早寡，抚孤守节以终，所存诗无多。《寄从姊佩青》云：'可怜怀袖字，已是泪痕多。'《老姑病笃祈天请代》云：'频将血泪拭，恐动见时怜。'《避乱舟中寄弟》云：'丧乱相依吾弟在，艰危无奈老亲忧。'语语真挚，可以想见其人。闻有《断钗集》已梓行，觅之不得。仅从《莆风清籁集》及《国朝诗别裁集》中抄出数首而已"[55]。方琬亦是抚孤守节而终，其诗歌充满愁闷忧虑。其集也是虽已刊刻但无法寻得。再如许琛，"早寡，以节终。有《疏影楼稿》，已梓行。闽中女士家有其书，林樾亭先生为之传，足以传素心矣"[56]。由方芳佩为许琛《疏影楼稿》作的跋可以看到，其诗集生前是在小范围的知交同好中流传，而去世之后，又加以梓行，以扬其节操。"岁庚寅，奉先慈从夫子视学八闽，闻何夫人素心名，访之，一见即心契。嗣是，频相过从，得悉生平。素心，闽之侯官人，适同里何君燧隆。结缡未久，即鹤别鸾分。穷居守节，数十年如一日。念翁姑良人均未奠，鬻衣钗为营窀穸，绝不为未亡人

---

53 房琴：《女性文集：盛清时代海宁文人的身份认同与地方认同》，王政、陈雁主编：《百年中国女权思潮研究》，复旦大学出版社，2005年版，第127页。

54 （清）梁章钜：《闽川闺秀诗话》卷2，见《续修四库全书》第1705册，第633页。

55 （清）梁章钜：《闽川闺秀诗话》卷1，见《续修四库全书》第1705册，第625-626页。

56 （清）梁章钜：《闽川闺秀诗话》卷1，见《续修四库全书》第1705册，第630页。

衣食计，殆可谓节孝兼备者与！越二年，因夫子差竣旋里。临别，素心遗余诗稿一册。诵其诗，志洁词哀，非徒以吟风弄月见长。庋之箧中，暇一展卷，如见其人。今素心殁数年矣，令闻不彰，非所以表贤崇善，激扬贞风。因取其遗稿，择其尤者，付之剞劂。俾大雅君子见其诗，哀其志，庶足慰素心于九京云尔"[57]。许琛可以说是德才兼备的典范，其诗书画受到人们极高的推崇，"银缸夜暖，酷摹屈宋曹刘，绣闼春明，兼写荆关董巨"。[58]

此外，黄惠所作的序言则强调了才与节的关系，首重妇德，而以才辅德："妇人之式于礼经而称高行者，以节不以才，而有时才亦可以见节，共姜之之死靡他，陶婴之终不重行，后之人读其诗而悲其志。其志者，其节也，使人读之而悲者，其才也。然则苟非越礼如朱淑真李清照者，即左芬鲍妹，皆能光彤管而映玉堂。又况得其性情之正之足以激扬贞风，如《柏舟》《黄鹄》诸诗哉。闺媛许氏素心者，余中表兄石泉先生之女也，先生仕粤廿余年，素心幼随宦署，佩容臭，问似食而外，日婉转于笔床砚匣中，字临摹董文敏，神似而非貌似，又以侍外祖母月鹿张夫人，久传其渲染折枝法最工。若诗则其先自督学公传至石泉先生五世矣，皆有声坛坫，其家学有由来矣。素心蕙质兰心，耳濡目染得之庭训为多，宜其日积月累，斐然成集。素心婿何君光云就婚粤署，甫四载称未亡人，归则舅氏远客吴门，无一椽以避风雨，依外氏以居，无何而又失所怙恃，六党人皆为之酸鼻唤奈何。而素心以茕茕孑孑之身，极憔悴困顿疾病离别而不悔，且益励其操，岂非古所云冰雪作心肝者耶。素心以冰雪之心抒其冰雪之辞，举凡疾病困顿离别之况一一寄之于诗，盖其诗虽非《柏舟》《黄鹄》之诗，其志则《柏舟》《黄鹄》之志，宜其黯然以伤，悄然以悲，读之而哀且肃也，其所居一小楼颜曰'疏影'，因即以名其集，然则谓其志其诗与梅比芳而竞洁焉可矣。"[59]正是由于许琛将妇德和诗才结合在一起，达到了"闽中女士家有其书"[60]的流传状态。

地方上出于教化目的，将节烈妇事迹写入方志加以宣扬，而梁章钜又从方志中辑录出来，如"陈氏，古田人，归林克仁，早寡，以节终。《福建通志》

57 （清）方芳佩：《疏影楼诗集·跋》，《江南女性别集》第二编上册，黄山书社，2010 年版，第 192 页。

58 （清）汪新：《疏影楼诗集·小叙》，清道光十四年刻本，福建省图书馆藏。

59 （清）黄惠：《疏影楼诗集·叙》，清道光十四年刻本，福建省图书馆藏。

60 （清）梁章钜：《闽川闺秀诗话》卷 1，见《续修四库全书》第 1705 册，第 630 页。

云：'古田有四节妇：林克仁妻陈氏，丁彝鼎妻蓝氏，李为仁妻阮氏，余升标妻郑氏，皆能诗，冰霜自励，每咏物以见志。'陈氏《题画松》云：'爱此后凋节，森森不改柯。凌霜还耐雪，几度岁寒过。'为时所传诵。"[61]方志中将四位节妇并提，其表彰之意显见。这些地方志中保存的节妇诗歌都是为了起到宣扬教化的作用，同时节烈妇的诗作也通过地方文化的载体——方志辑存下来、传播出去。

三、交游传播与诗书画促动

除了诗文集、地方志的传播外，女性通过交游，题画等方式，也形成了闺秀诗歌的传播。明清时期，闺秀诗人以诗词书画为中心结社的风气浓厚。清代江南地区闺秀结社成风，如著名的如蕉园、随园、清溪等女性诗社。闽地闺秀的结社在规模和知名度上虽不如江南地区，但在当地也有很大的影响力，如闽地著名诗人黄任对这一情况有这样的描述：

> 吾闽闺秀多能诗，近更有结社联吟者，若廖氏淑筹、郑氏徽柔、庄氏九畹、郑氏翰莼、许氏德瑗及余女淑宛，淑畹，皆戚属，复衡宇相毗。每宴集，各拈韵刻烛，或遣小婢送诗筒，无不立酬者。女士立坛坫，亦一时之韵事也。[62]

正是在这些被视为风雅韵事的结社集会中，闺秀诗人通过酬唱，生日聚会，书信，题画品画等方式进行着诗歌的交流与传播。许琛是清代闺秀诗人的代表，而且诗书画兼擅。《名媛诗话》亦有对其与方芳佩交往的记载："三山许素心德瑗，以苦节闻于当世。有《疏影楼集》。方芷斋随任之闽，耳名往访，诗篇倡和，时有馈遗。素心爱写梅菊，晚年窘甚，售诗画以自给"[63]。诗书画既是酬赠方式，也是借以倾诉和表达情感的方式，如许琛写给方芳佩的诗："在璞堂中礼数宽，荆钗翟茀两生欢""有约他生联袂好，相期何地对床眠"[64]，可见两位诗名卓著的闺秀诗人惺惺相惜、毫不拘礼的场景。许琛借给朋友的诗画表达自己的凄凉悲苦心境："乱蓬为鬓镜蒙尘，半卷残书伴病身。冷淡生涯敦

61　（清）梁章钜：《闽川闺秀诗话》卷1，见《续修四库全书》第1705册，第626页。
62　（清）黄任：《十砚轩随笔》，《黄任集》（外四种），陈名实，黄曦点校，方志出版社，2011年版，第235页。
63　（清）沈善宝：《名媛诗话》卷4，见王英志主编：《清代闺秀诗话丛刊》第1册，第414页。
64　（清）许琛：《汪夫人招饮，为作梅菊图并成四律袖而赠之，兼怀采斋姊（其四）》，《疏影楼稿》，道光十四年刻本，第22b页，福建省图书馆藏。

宿业，凄凉心绪话前因"[65]，"冷淡生涯二十年，枝枝叶叶锁寒烟。与君载去西湖畔，记取愁人闽海边"。[66] "半是愁眠半病眠，消沉人事自年年。小窗书幌浑无事，两笔梅花一水仙"[67]。许琛善写梅菊，而梅菊在中国传统文化中是志士清节之象征，因此亦含有相互鼓励之意，如"寒梅笔力原非易，瘦菊精神更觉难。何事绿窗书画癖，泥人扶病写来看"[68]。同时，方芳佩亦对许琛诗画皆工加以赞美，如《和许素心夫人见贻原韵》（其一）："爱写霜姿传粉本，呕将心血付诗囊。梅花格调松竹筠操，击节吟来字字香"[69]。可见闺秀诗人之间饶有趣味的交流。除此之外，许琛还有多首题画诗、题扇诗，如《为宜鸿大妹作笺》《送宜鸿大妹于归（题画）》《为作羹五弟作画》《为陈兰言画笺》《为若蘅弟妇画燕》《为大嫂画笺》《岳侄索画酬之》《为如圭侄女画杏林春燕》《画笺酬萨姻表嫂太夫人》，这些都从人际交往的角度证实了以诗画结合方式所实现的诗歌传播。由此可见，此类诗、书、画结合的创作往往是闺秀诗人之间沟通感情的手段，也是其诗歌借助绘画流传的一种方式。

闺秀诗人兼画家的沈毂，"字采石，嘉兴人，归吾闽曾茂才颐吉。茂才游幕江南，寄孥吴下，采石卖诗画自给。余藩牧吴门，先室郑夫人常延其入署，絮谈榕城景物，采石大有旋居闽中之意。"[70]沈毂与梁章钜夫人交好，著有《画理斋诗稿》。沈毂不但是联系闽地闺秀诗人和吴中闺秀诗人的纽带，如梁章钜夫人五十寿宴中，沈毂邀请吴中名媛参加，"时先室郑夫人五十初度，采石邀同吴中名媛，如归佩珊、朱竹眉、吴香轮、陈筠箫、徐佩吉辈各献诗介寿。"同时也和士人阶层交好，主动邀请名家为其做序，"所著先有《画理斋诗稿》一卷，陈文述、潘奕隽，钱䢿为之序，凡诗九十九首，道光二十五年刻，上海图书馆藏。又《白云洞天诗稿》一卷，道光三十年刻，中国国家图书馆藏。前有钱塘吴清鹏序，又桐城刘翊泰序，又钱塘七十老人祝淳嘏序，又钱塘祝同治序，又仪征阮亨序，又钱塘祝跃云书后。周镤、阮亨、稽

---

65 同上（其三）。

66 （清）许琛：《芷斋汪夫人持册索画并题一绝》，《疏影楼稿》，清道光十四年刻本，第26b页，福建省图书馆藏。

67 （清）许琛：《为秋薨画水仙梅花便面并题一绝》，《疏影楼稿》，清道光十四年刻本，福建省图书馆藏。

68 （清）许琛：《合珍妹索画梅菊图》，《疏影楼稿》，清道光十四年刻本，第31a页，福建省图书馆藏。

69 （清）方芳佩：《在璞堂续集》，《江南女性别集》二编上册，第160页。

70 （清）梁章钜：《闽川闺秀诗话》卷3，见《续修四库全书》第1705册，第660页。

荣培、阮恩甲等为之题词。"[71]可以看出其交游之广，陈云伯推崇其为"闺中之摩诘"[72]。

诗、书、画相互结合的创作方式作为一种习惯性的创作传统，为闺秀作家所激赏并运用，正如沈毂有不少题写他人画作的作品，此类作品中，往往见题写对象的特点：如《题黄菊痴图册》"着手烟云趣有无，思翁真迹未模糊。画家原不拘成格，管领春风是此图"[73]，写出了黄菊痴绘画的特点，不拘成格，长于写意，笔致潇洒，云生烟起。《题张春水风雨茅堂图》"联吟佳偶隐蒿莱，门外湖光镜面开。它日采蘋寻旧伴，不辞风雨刺船来"[74]，表现了文人雅趣。此外，还多有他人题画并兼题诗的，如《西雍墨华嘱写吴兴郡斋坐月图并题一诗用联句韵》："梧竹清阴处，凉生一味秋。前身天上月，不识世间愁。对影寻诗兴，双声写韵幽。何时共酬唱，着我屋西头"[75]，可见笔致清疏。《冒晴石茂才嘱写水绘园图并题》"一代骚坛主，千秋废院存。苍烟淡乔木，冷月瘦月魂。胜事闲凭吊，寒泉荐子孙。即今图画里，负郭不成村"[76]，题画见沧桑感慨，非仅仅模山范水。再如"梦回萧瑟夜灯寒，驿使难逢意转阑。万叠云山秋一幅，几人能向故乡看？""涂鸦枯管愧荆关，点抹云山见一斑。等是有家归未得，故乡负此好湖山"[77]，题画兼抒发乡关之思。沈毂的诗与画，在当时就有很大的影响，"艺林有目者，久艳称之"[78]。

在沧浪亭画册上，又有梁蓉函的题作《题沧浪亭画册寄苣邻兄》："我读宋诗不乏沧浪篇，为之掩卷长太息。清风明月何时无，阑入俗境真不一钱值。沧浪之景原无边，兴替几度成桑田。园亭倾剥花草萎，有似子美当日憔悴无人怜。吾兄雅尚爱存古，天教驻节沧浪前。修复废坠得名迹，挽回风景七百年。神珠不胫走千里，示我沧浪图一纸，使我东望心怦然。梦落苍厓乔木里，想见衙斋清且闲，日与松泉共栖止，出山不改在山心，视此一泓濯缨水。君不见斯亭仍

71 柯愈春：《清人诗文集总目提要》中册，北京古籍出版社，2001 年版，第 1230 页。
72 （清）梁章钜：《闽川闺秀诗话》卷 1，见《续修四库全书》第 1705 册，第 661 页。
73 （清）沈毂：《画理斋诗稿》，《江南女性别集》三编下册，第 929 页。
74 （清）沈毂：《画理斋诗稿》，《江南女性别集》三编下册，第 930 页。
75 （清）沈毂：《画理斋诗稿》，《江南女性别集》三编下册，第 921 页。
76 （清）沈毂：《画理斋诗稿》，《江南女性别集》三编下册，第 922-923 页。
77 （清）沈毂：《张云棠女史属写〈云山归梦图〉并题二绝》，见《江南女性别集》三编下册，第 929 页。
78 （清）梁章钜：《闽川闺秀诗话》卷 4，见《续修四库全书》第 1705 册，第 661 页。

以长史名，钱王韩王不能争。此日此亭落君手，安石之墩竟谁某。"[79]诗中不乏对梁章钜好古雅趣与超脱性情的美誉，而以交游题画的方式，也让自己的诗作在更广的范围内流传。可以看出题画这一形式，既是闺秀之间的一种诗歌交往形式，也是诗歌藉由画作广为传播的一种途径。如陈氏的《题画松》就"为时所传诵"[80]，黄淑畹的《题杏花双燕图》二首，"时人皆称之"[81]，可以看出这些题画诗在当时就有广泛的传播。

综上所述，我们可以看到《闽川闺秀诗话》以多个版本流传，影响较为广泛。并且通过梳理《闽川闺秀诗话》文献资料的来源及编撰动因，并结合梁章钜的学术旨趣及仕宦经历，可以看出梁章钜对闺秀诗人的观照是由家族记忆向地缘情怀进行提升的，通过对家族闺秀诗歌创作的辑录，对闺秀诗人及诗歌的点评来建构地方闺秀诗人的历史镜像。最后，通过对闺秀诗的辑录方式与传播界域的分析，探讨文献的辑录与传播中所包含的形塑闺秀诗人的历史机制。

---

79 （清）梁蓉函：《江田梁氏诗存》，见徐雁平主编：《清代家集丛刊》第 164 册，国家图书馆出版社，2015 年版，第 314 页。

80 （清）梁章钜：《闽川闺秀诗话》卷 1，见《续修四库全书》第 1705 册，第 626 页。

81 （清）杭世骏：《榕城诗话》，福建人民出版社，2012 年版，第 27 页。

第二章 《闽川闺秀诗话》评点旨趣与闺秀诗人书写传统的承变

清代闺秀诗人的创作繁盛，收录和品评闺秀诗人的选本、诗话、序跋等也开始大量出现。梁章钜对于闺秀诗人的关注，统合了身份与诗艺，在诗歌史的整体视野中对闺秀诗人的创作进行点评。对于闺秀诗人的关注，离不开对于闺秀写作正当性的辩护。身处宗法社会的闺秀们，受制于传统伦理道德的规约，其诗文创作受到诸多限制，如何确立闺秀写作的正当性，协调好才与德的关系，首先是摆在闺秀诗人及诗评家面前的首要问题。此外，闺秀群体的创作在地域性视野中也是有着各自的传承谱系，福建的闺秀诗歌创作一般认为溯源于唐代的江采蘋，结合闽地的地域文化，可见，当地闺秀创作也呈现出鲜明的个性特征。因此，本章试图从对闺秀诗人的品评、闺秀诗人身份的言说，以及对闺秀写作谱系的钩沉，呈现出一个较为系统的关于闺秀诗人的书写体系。

第一节 《闽川闺秀诗话》的选诗准则与诗学旨趣

梁章钜对于闺秀诗人的选诗准则，一者深受清代时代风气的影响。清代初期对于闺秀诗人并不看重其身份，而是注重其才学与诗艺。到了中后期，在儒家意识形态逐渐强化的背景下，人们更加看重女性诗人的身份；二者梁章钜的选诗准则和本人的诗学观密切相关。梁章钜本身也是看重诗歌的教化功能，但他在看重闺秀身份的同时，也非常注重闺秀诗歌本身的艺术水准，并能基于诗歌流变史对闺秀诗歌做出精准的点评。

一、身份与诗艺兼重的选诗准则

随着明清以来女性诗文创作的大量涌现，有关女性诗文集的选本也大量出现。受晚明个性解放思想的影响，明末清初的有关女性诗文集的编选，并不看重女性的身份，而是侧重于诗文本身的艺术水准。如郑文昂的《古今名媛汇诗》的选诗原则是"但凭文辞之佳丽，不论德行之贞淫"[1]，柳如是协助钱谦益编撰的《列朝诗集·闰集第四》分为三部分：《香奁》上、中、下。上为后妃公主及受旌表的节妇；中为官宦闺秀及从良妓女；下为青楼女子。虽以身份划分等级，但也并不排斥青楼女子。再如王端淑编选的《名媛诗纬初编》共 42卷，收录了从元到清初众多女诗人，在选诗例言中言及选诗标准："诗之高绝老绝者存之，幽绝艳绝者存之，娇丽而鄙俚者、淫佚而谲诞者亦存之，得无滥乎？曰不然。孔子删诗而不废郑卫之音，且限于止一诗也，可以着眼。"[2]可见其所选范围较为宽泛，"宫集"收录后妃公主之作、"正集"收录良家闺秀之作、"正集"附录收从良的风尘女子之作，"艳集"收录歌伎之作，"缁集"、"黄集"、"外集"收录尼道方外之作、"幻集"收录仙鬼之作，"绘集"收录女画家之作。以上可见清代初期女性诗歌选本虽然以女性身份归类诗歌，但呈现在选本中的女性身份是多元的，重心所在还是诗歌本身。

这种较为宽泛的选诗准则，到了梁章钜所处的嘉道时期则大为改变。随着社会危机的加重，注重道德教化的诗教原则受到推崇，成为衡量女性诗歌创作的重要尺度。之所以有这样的变化，是因为到了清代中后期，社会矛盾逐渐显露，一面是频繁的文字狱威胁，一面是官方大力推行儒学，"广圣教，振儒风，甚盛典也"[3]。士人们噤若寒蝉，大多埋首经史训诂，述而不作。无论诗坛盟主沈德潜推崇的格调说，还是翁方纲的肌理说，温柔敦厚的诗教说成为清中叶的主流诗学思想，即梁章钜所言的"清真雅正，理法兼备"[4]。受此影响，无论是女性还是士人评论家，品评女性诗歌的标准发生很大的转变，德才之辨的天平倾向于德，将女性的德行与人伦教化紧密联系。特别是为了反驳以袁枚和陈文述为代表的性灵派，不少人更是将由袁枚推动的女性诗文活动视作洪水猛兽。因此当时推

---

1 （明）郑文昂：《古今名媛汇诗》，见《四库全书存目丛书》集部第 383 册，第 10页。

2 （明）王端淑：《名媛诗纬初编》凡例，清康熙六年清音堂刻本，2a 页。

3 （清）张廷玉：《高宗纯皇帝实录》卷 17，见《清实录》第 9 册，中华书局，1985年版，第 448 页。

4 （清）梁章钜：《制艺丛话》卷 1，上海书店出版社，2001 年版，第 13 页。

崇性情雅正的闺秀创作,闺秀身份受到高度重视,编撰出了大量以闺秀为名的诗文集,专以"闺秀""闺阁""闺"等命名的全集或者选集大量出现,翻阅胡文楷《历代妇女著作考》可见,如《国朝闺秀正始集》《国朝闺秀正始续集》《清闺秀正始再续集初编》《国朝闺秀诗柳絮集》《国朝闺秀摛珠集》《国朝闺秀香咳集》《国朝闺阁诗钞》《豫章闺秀诗钞》《海昌闺秀诗》《湘潭郭氏闺秀集》《种竹轩闺秀联珠集》《泰州仲氏闺秀集合刻》《彭城三秀集》,《八旗闺秀诗选》等。

　　梁章钜的编选准则也受这一时代风气的影响,如将《全闽诗话》所收录的女性诗人身份和《闽川闺秀诗话》相对照,可以看到这一选诗准则的变化。下面表格对于《闽川闺秀诗话》所收录的女诗人分了四类,分别是名士家族女诗人、官宦家庭才媛、节烈妇、贤母类。(当然,可能存在一定交叉,但也需要做这样一个大致的身份划分。)其中,名士,是以诗歌、品格著称于地方的,在当地有很高声望、美誉度和感召力的人。他们不以官职、权力著称,(也有任一定官职,如黄任、郑方坤)而是以学行、风节、诗艺而著称。因此,他们身边的女性亲属,如妻子、姊妹、女儿也深受影响,也多具名士之风,诗歌也多以艺术美见长。官宦,多指具有较高官职者。此类出身家族女性多注重家庭伦理、多负担起持家、协调家庭关系、教子的任务。一般具有较为丰富的阅历,具备较高的德行修养、文化修养,在必要的时候能够独当一面。如林瑛佩、郑齐卿等。另外,她们也多具备相对较为广泛的社交圈子。贤母类女性,身份与前者或有重叠,但主要以教子著称。

表八:《闽川闺秀诗话》诗人身份及阶层构成分析表

类　型	姓　名	划分标准(母家或夫家的身份)
名士家族女诗人	林玉衡	其兄为名士林古度
	陆眷西	名士余怀侧室
	余珍玉	尊玉姊
	余尊玉	据《国朝闺秀诗柳絮集》相关记载其有士风
	庄氏	黄任妻,黄任为闽地名士
	黄淑窕	黄任长女
	黄淑畹	黄任次女
	游合珍	黄淑窕女
	郑徽柔	郑方坤姊

	郑翰莼	郑方城女，郑方坤侄女
	郑镜蓉	郑方坤长女
	郑云荫	郑方坤次女
	郑青苹	郑方坤三女
	郑金銮	郑方坤四女
	郑咏榭	郑方坤六女
	郑玉贺	郑方坤七女
	郑风调	郑方坤八女
	郑冰纨	郑方坤九女
	林芳蕤	郑翰莼女
	林淑卿	郑翰莼孙女
官宦家庭才媛	苏世璋	提台苏泉南女，海澄公黄立斋妻
	吴丝	威略将军吴英女（吴英，水师提督）
	林文贞	王安明妻
	徐氏	同知徐旁女
	林瑛佩	林云铭女
	周仲姬	周忠愍之后
	杨氏	进士蔡而烷妻
	宋芳斌	湖州同知宋万略女，湖州太守林辉章妻
	廖淑筹	礼部郎许均妻
	黄淑庭	侍御黄岳牧女，涿州牧吴世臣妻
	吴素馨	涿州牧吴世臣女
	许德馨	江宁布政使许松佶孙，四川运司秦为品妻
	萨莲如	农部萨龙光十女
	王淑卿	梁章钜母
	许鸾案	梁九山妻，梁章钜叔母
	郑齐卿	进士郑光策女，梁章钜妻
	梁符瑞	梁九山长女
	梁韵书	梁九山次女
	梁秀芸	梁九山三女
	周蕊芳	梁章钜十弟梁兰笙继室
	梁兰省	梁章钜长女

	梁兰台	梁章钜次女
	杨渼皋	梁章钜三子梁恭辰妻
	梁赋茗	梁章钜四兄梁泽卿女
	梁兰芬	梁章钜四兄梁泽卿女
	梁金英	梁章钜四兄梁泽卿女
	梁佩荘	梁章钜十弟梁兰笙女
	梁瑞芝	梁章钜四兄梁泽卿孙女
	许福祉	许鸾案妹
	郑瑶圃	贡生林材妻
	张如玉	农部郎张伦至女孙
	王琼瑛	云南知府王燮女
	李镜林	比部
	许还珠	梁蓉函长女
	许季兰	梁蓉函次女
	赵玉钗	梁蓉函子妇
	刘檐林	梁藻芬女
	杨渼好	梁章钜二子梁恭辰妻
节烈妇	方琬	
	权氏	（王德威室）
	王巧姐	许嫁陈氏子，未归，以烈终。
	陈氏	（林克仁室）
	阮氏	（李为仁室）
	郑氏	（余升标室）
	石氏	（邱调元室）
	严氏	（王氏子室）
	许琛	（何燧隆室）
	林琼玉	归庠生陈澧，早寡，以节终。
	庄九畹	未婚而寡，以节终
	林瑱	（谢廷诏室）
	陈若苏	廖佩香室
	齐祥棣	陈兆熊未婚妻

贤母类	陈玉瑛	郭起元母
	郑孟姬	许崇楷母
	李若琛	王天位室
	力氏	严溥室
	何玉瑛	郑鹏程母

从上表可以看出，《闽川闺秀诗话》选编原则，从女性身份来讲，一定是出身于具有良好儒家教育的家庭，有着传统的妇德，如孝亲、教子等。如果与之前的《全闽诗话》作一对比，这个差异则很明显。《全闽诗话》为雍正乾隆年间福建著名诗人郑方坤所编，共有12卷，女性诗歌收入其第10卷，卷名为无名氏&宫闺，所选女性，上至唐代梅妃，下至清代乾隆时期与郑方坤同时代女性，其中入选的女性诗人身份较杂。根据刘星炜的序可知，《全闽诗话》大概成书于乾隆十九年（1754年）之前，比梁章钜的《闽川闺秀诗话》早近一百年。不过严格来讲，《全闽诗话》中的女性诗歌并非纯粹意义的女性创作的诗歌，有的是"关于"某位女性的诗歌或诗话，即对于某位女性生平之歌咏。《全闽诗话》中的女性诗人，除了闺秀外，还有宫妃、弃妇、妓女、难女等，显然身份范围更广泛。通过对照和比较，可以见出二作选录范围之不同。

表九：《全闽诗话》中女诗人收录与身份情况表

	姓　　名	年代	身　份	主要事迹	入选《闽秀》情况
1	梅妃	唐	宫掖	被冷落后依然保持自己的清高品性	
2	太原王氏	唐	吏妻	于石壁上书写相思盼夫诗歌	
3	陈金凤	五代	宫掖	善游乐，著有两首《乐游曲》	
4	谢希孟	北宋	闺秀	能诗	
5	陈述古女	北宋	闺秀	作有题屏诗	
6	申屠氏	北宋		刚柔并济，爱恨分明。善诗，杀人复仇。	
7	孙道绚	南宋	节妇	守节，工文章诗词	
8	韩玉父	两宋间	弃妇	被弃	
9	李樗妻	南宋	闺秀	能诗	

10	暨氏女	南宋	弃妇	能诗,"多情樵牧频簪鬟,无主蜂莺任宿房"此诗和人生关系颇类李冶	
11	古田妓	两宋之际	妓女	能诗。歌姬才子赠诗类型	
12	建宁妓	元	妓女	诗并非妓作,主要是颂扬姚燧助其从良的事迹。	
13	玉带		妓女	文人所作。强调文人雅趣。	
14	贾蓬莱	元		传奇笔法写才子佳人传情之事	
15	徐嗣元女	元	难女	被掠	
16	徐彩鸾	元	难女	被掠,投水死	
17	张红桥	明	良家女	传奇笔法,才子佳人传情的情描写	《明诗综》中少有。未选入《闽川闺秀诗话》
18	朱氏	明	闺秀	写有勉外诗	
19	陈若瑛	明	烈女	未嫁夫亡,殉情	
20	杨玉英	明	烈女	改聘,殉情	
21	潘英奴	明	中卜层女	讽刺男子薄情易妻,中间亦有传奇笔法,写男女私相授受	
22	楚云	明	妓女	与男子相别被弃	
23	李氏	明	闺秀	能诗	
24	邓氏	明	婚姻不谐女	以怨死	
25	林氏	明	闺秀	能诗	
26	徐氏(徐德英)	明	闺秀	能诗。婚姻不谐,郁郁而终	选。但与夫未谐之事未录。
27	黄氏(与上徐氏本合写)黄幼藻	明	闺秀	能诗	选。但是在文本情节、诗歌《闽川闺秀诗话》有自己的选择策略。《诗集》称其有一子为僧,这一点未出现在《闽川闺秀诗话》中
28	潘仲徽室	明末	闺秀	能诗	
29	王虞凤	明末	闺秀	能诗	
30	吴慧镜	明末	闺秀	能诗。唱和。	

31	陈氏	明末崇祯	闺秀	守节	
32	邓铃	明末万历	节妇	守节	
33	林姪（林初文妻）	明末	闺秀	能诗。岁凶，以女红为活，教子成立。	
34	林玉衡	明末清初	闺秀	能诗	入选
35	周玉萧	明末	闺秀	能诗。明大义	
36	邬氏	明末	闺秀	为夫求子	并未正面出现，乃是侧写。见其题壁诗，为夫求子，不妒之德。
37	邵飞飞	清代康熙	难女	遇人不淑	亦见于《闽川闺秀诗话续编》。《闽川闺秀诗话》编时应是见到邵飞飞条，但未将其收入。可见，梁章钜对于此类女性是有意回避的。一般不选难女，即便选择难女，也会选坚韧度过难关者。
38	延平女子			题壁	
49	黄淑窕		闺秀	工诗	入选
40	黄淑畹		闺秀	工诗	入选
41	黄太恭人（郑方坤母）		闺秀	工诗	未选

此表格共计 41 人，而身份为闺秀（或节烈妇）的约为 21 人，其中，有宫妃 2 人，妓女 4 人，难女 3 人，此外尚有弃妇以及婚姻不谐女性等；可见其收录闺秀身份比较驳杂，而妓女、难女在传统女性文化中被认为是有悖风教的，在梁章钜的《闽川闺秀诗话》的选录之外。

梁章钜注重闺秀身份，除了时代思潮影响之外，和他本人的诗学观非常密切。梁章钜推崇儒家阐释《诗经》的诗教原则，"三百篇之宗旨，'思无邪'三字尽之，则人人可学也；三百篇之门径，兴观群怨四字尽之，则人人所同具也；三百篇之性情，温柔敦厚四字尽之，则人人所当勉也；此不可以时代限之也，但就三层上用心，源头既通，把握自定，然后再学其词华格调，则前人言之详矣。"[5]以"思无邪""兴观群怨"和"温柔敦厚"所构成的系统诗学思想，可

5　（清）梁章钜：《退庵随笔》卷20，见《笔记小说大观》第 19 册，第 215 页。

称为儒家的《诗》教传统,《礼记·经解》云:"孔子曰:'入其国其教可知也。其为人也温柔敦厚,《诗》教也。'"孔颖达的解释是:"温,谓颜色温润;柔,谓情性和柔。《诗》依违讽谏,不指切事情,故云温柔敦厚是《诗》教也。"[6]而闺秀接受儒家教化,下笔之间,其言其辞能够体现诗教传统,即如沈德潜在《清诗别裁集》所阐释的:

> 闺阁诗,前人诸选中,多取风云月露之词。故青楼、失行妇女,每津津道之,非所以垂教也。选本所录,固非贤媛,有贞静博洽,可上追班大家、韦逞母之遗风者,宜发言为诗,均可维名教伦常之大;而风格之高,又其余事也。以尊诗品,以端壹范,谁曰不宜?[7]

这一诗教原则的核心在于强调诗歌的教化功能。因此诗艺水平高低并不重要,重要的是能发挥诗的教化作用,即所谓的"维名教伦常之大""尊诗品""端壹范"。梁章钜非常注重诗歌的教化功能,正如收录了《闽川闺秀诗话》的《二思堂丛书》的总序所言:

> 长乐芭林梁公集《古格言》,分为十二卷,曰道体、曰治术、曰德隅、曰学殖、曰仕进、曰交际、曰家常、曰尊生、曰文笔、曰兵机、曰女诫、曰名理,前引圣贤遗言,次择于史之最要者,间附以己意,所集皆唐人以上,而程朱陆王之奥秘无不毕贯于其中。[8]

此序的主导思想是统合程朱陆王,辅以浙闽实用之学,可以看到,入选的著作都有实用性。值得注意的是,其中即有"女诫"一卷,可见梁章钜对于女性道德教化的注重。而《闽川闺秀诗话》也具有教化之用,只不过"女诫"是直接的道德训诫,而《闽川闺秀诗话》则是寓道德教化于诗歌艺术中,是儒家有关女性人格美学在诗歌中的体现。

正由于这样一种主导思想,诗歌的选编便有了倾向性,相对于《全闽诗话》所选的明清女性,《闽川闺秀诗话》的标准更为严苛。像贾蓬莱、张红桥这样有伤教化的女性不能选外,就是如邵飞飞这样的才女也难以选入。从身份来讲,邵飞飞并非所谓的闺秀,而是被卖作妾,受正妻的妒忌后,重又被配偃夫,因此,并不符合闺秀标准。由于此种悲惨坎坷的经历,邵飞飞的诗歌充满了愤懑与怨怒,岂止不温柔敦厚,而是非常强烈和极端。其中有对于狠心卖女的父母的责怨:

---

6 （清）阮元校刻:《十三经注疏》（清嘉庆刊本）,第 3493 页。

7 （清）沈德潜:《清诗别裁集》,上海古籍出版社,1984 年版,第 3 页。

8 （清）梁章钜:《二思堂丛书》,清光绪元年刻本。

烟树关山几万重，残妆零落为谁容？如何的的亲生女，只爱金钱不爱侬。

无端遴婿慕金珠，堪恸双亲一样愚。寄语故园诸姊妹，荆钗裙布好欢娱。

挑灯含泪叠云笺，万里函封报可怜。为问生身亲父母，卖儿还剩几多钱。

邵飞飞在诗中痛责父母的贪财、愚昧。其中，"卖儿还剩几多钱"颇有刺心之痛。此外，邵飞飞的诗里还有对于泼悍大妇的指责和对于所嫁非人的怨愤。

另外，她的诗歌强烈地表达了对于现世境遇的抱怨和命运不公的悲叹：

自伤薄命更谁如？兰蕙当年竟被锄。回首五年成底事，风流好似梦华胥。

炎天斗室秽难闻，蒜蒜葱葱尽日薰。记得故园风景好，白罗纱衬石榴裙。

豕圈鸡栖暑气蒸，嗡嗡满屋闹苍蝇。有人水阁珠帘里，犹说今朝热不胜。

不须重赋《白头吟》，入骨忧煎死易寻。赢得芳魂归去好，一丘黄土百年心。

北地玄溟风太严，漫天飞絮压茅檐。炕头不是金炉火，马粪如香细细添。[9]

尽管此类诗歌真实地表达了一个命运悲惨的女子的心声，但是既怨且怒的风格不被温柔敦厚的正统诗教观念接受。

闺秀的性情被要求是中正平和、不怨不怒，以符合温柔敦厚的性情准则，心性如偏激、极端，则不利于伦常秩序的有序和稳定。因此，女性的行为必须中正得体，正如"力孺人言谈举止，无一不中节"[10]，"林于信女吴祉，夫卒，期以身殉。及病革，自为文以祭及《绝命诗》，怨而不怒"[11]。儒家的诗教原则之所以能被闺秀们所遵从，就在于她们从小的教育就贯穿着这一诗教内容，正如周仲姬的《课女》所言，"质弱能生慧，闺深好习娴。未曾受母教，已解诵关关"[12]。因

9　（清）郑方坤：《全闽诗话》卷10，见《续修四库全书》第1702册，第349-350页。

10　（清）梁章钜：《闽川闺秀诗话》卷2，见《续修四库全书》第1705册，第640页。

11　（清）丁芸：《闽川闺秀诗话续编》卷3，见王英志主编：《清代闺秀诗话丛刊》第1册，第309页。

12　（清）周仲姬：《二如居诗集》，清乾隆五年刻本，2b页，福建省图书馆藏。

此，不论是读诗还是写诗，闺秀们必须贯彻穿儒家雅正的诗学原则。

梁章钜非常注重闺秀身份这一选诗准则，同时也看重闺秀的诗歌水平及人格魅力。如果我们将他的选诗眼光和与他时代相近的恽珠做一比较，则可以看出，梁章钜除了注重闺秀身份外，注重闺秀诗歌的艺术水准和闺秀的精神人格。恽珠编纂的《国朝闺秀正始集》成书于道光辛卯年（1831 年），比《闽川闺秀诗话》早十多年。恽珠的《国朝闺秀正始集》也是梁章钜编纂《闽川闺秀诗话》的重要参考书及资料来源。恽珠的选诗准则，严格以闺秀身份为选择标准：

> 昔孔子删诗，不废闺房之作，后世乡先生每谓妇人女子，职司酒浆缝纫而已。不知周礼九嫔，掌妇学之法，妇德之下，继以妇言，言固非辞章之谓，要不离乎辞章者。近是则女子学诗庸何伤乎，独是大雅不作，诗教日漓，或竟浮艳之词，或涉纤佻之习，甚且以风流放诞为高，大失敦厚温柔之旨。则非学诗之过，实不学之过也。[13]

可以看出恽珠之所以编选闺秀诗集，目的就在于阐扬儒家的诗教传统，其所指摘和批评的对象，就是以袁枚为中心的随园女弟子，认为这一群体败坏了诗教传统。因此，但凡"篆刻云霞，寄怀风月，而义不合于雅教者，虽美弗录""女冠缁尼，不乏能诗之人，殊不足以当闺秀，盖置不录""青楼失行妇人，每多风云月露之作，前人诸选，津津乐道，兹集不录"[14]。只有符合诗教规范的闺秀之作才收入其中，因此恽珠选诗以身份与德行为最高准则。如第一卷排在最前列的官宦闺媛诗作，重要的是要彰显这些名媛闺秀的道德教化意义，即所谓的"尊天潢""述祖德""重家学""标奇孝""美淑贤""昭慈范""扬贞烈""彰苦节""示女箴""敦诗品"。如明末清初女诗人黄幼藻，《国朝闺秀正始集》和《闽川闺秀诗话》都收录。《国朝闺秀正始集》只是简单介绍了黄幼藻的身世，对其诗文未作评论，"汉荐尤工文章，夫亡，以清节称"[15]；而梁章钜除介绍其身世外，对诗歌风格有评论，"诗意婉约，自是香奁中语"[16]。可以看出梁章钜在关注其闺秀身份的同时，也非常注重其诗歌的艺术风格。再如黄幼繁，《国朝闺秀正始集》只介绍其"字汉宫，幼藻妹"[17]，对收录的《咏月》一诗未作评论；而《闽川闺秀诗话》则引了《咏月》，评其"字字老成，不似闺房

---

13 （清）完颜恽珠：《国朝闺秀正始集》序，清道光辛卯红香馆藏版。
14 （清）完颜恽珠：《国朝闺秀正始集》例言，清道光辛卯红香馆藏版。
15 （清）完颜恽珠：《国朝闺秀正始集》卷 1，19b 页，清道光辛卯红香馆藏版。
16 （清）梁章钜：《闽川闺秀诗话》卷 1，见《续修四库全书》第 1705 册，第 629 页。
17 （清）完颜恽珠：《国朝闺秀正始集》卷 1，20a 页，清道光辛卯红香馆藏版。

凡响"[18]。再如苏世璋，两者都选了《过富春渚》与《秋柳》，但《国朝闺秀正始集》只简略的介绍了苏世璋的身世，对其诗做未作分析。而《闽川闺秀诗话》则指出苏世璋的《过富春渚》"闺阁中独能学选体，亦别调也"；《秋柳》用王渔洋韵，以为是"学新城风韵矣"[19]，则是深入诗歌史内部，对其诗作做深入点评，这除了恽、梁二作体例不同外，梁章钜还重视诗歌的艺术水平。

和恽珠不同，梁章钜在坚持儒家诗教观的同时，既批评袁枚"标榜风流"，选诗不严，同时也不一味排斥性情，只要不越出礼教范围，梁章钜亦是肯定性情。如对其师孟超然"古人不轻作裙钗之词，惧其亵也"的看法，梁章钜就提出质疑，认为"少陵陪李梓州泛江，有女乐在诸舫，题曰戏为艳曲二诗，可谓艳矣，然'江清歌扇底，野旷舞衣前'，何其蕴藉；'立马千山暮，回舟一水香'。何其豪爽；篇终乃正言之曰：'使君自有妇，莫学野鸳鸯'。是正所谓止乎礼义者"[20]。因此，在梁章钜的选诗准则中，他在坚持儒家诗教观的同时，更加注重作品所体现的性情的雅正，以及闺秀诗歌的艺术水准及诗学承传。

二、以诗见人的评点旨趣

如果仔细分析梁章钜在《闽川闺秀诗话》中的评点旨趣，可以看到他是在对闺秀诗歌及相关诗事与人事的品评中，暗含着对闺秀理想人格的期待，通过评点话语的揄扬与臧否，那些符合儒家诗教原则的闺秀得到肯定，并作为闺秀人格中的典范而受到推崇。梁章钜受时代限制，有"不惜笔墨对女子贞烈孝义之事叙述渲染，对为夫守节者多所褒扬，对毁伤躯体（如'私刲右臂，和药以进'等，卷三）以尽孝道者赞誉有加，这无疑是对女子泯灭情性，偏离人性正轨行为的变相引导"[21]，但诗话中更多的是对闺秀才情与品行的肯定与赞誉，而且梁章钜对闺秀人格的期许，是置于和士人同样的标准下来看待，对具有独立人格精神的闺秀不乏赞美之辞。

清代中后期的闺秀诗学，其核心就是如何在坚持温柔敦厚的教化原则的基础上，凸显女性自身的诗歌特色，温柔敦厚的诗教观念必须内化为女性诗歌创作的自觉意识，但女性基于自身体验而形诸吟咏，自有其不能被诗教原则所

---

18 （清）梁章钜：《闽川闺秀诗话》卷1，见《续修四库全书》第1705册，第629页。
19 （清）梁章钜：《闽川闺秀诗话》卷1，见《续修四库全书》第1705册，第624页。
20 （清）梁章钜：《退庵随笔》卷20，见《笔记小说大观》第十九册，第217页。
21 张丽华：《闽川闺秀诗话》前言，见王英志主编：《清代闺秀诗话丛刊》第1册，第187-188页。

掩盖的特点。整体来分析梁章钜在《闽川闺秀诗话》中所贯穿的评点旨趣，也是首先从道德教化的角度来选取和点评闺秀诗人与作品。但在道德教化的基础上，梁章钜并不抹杀闺秀诗人创作风格的多样性。仔细分析其点评话语，可以看到梁章钜本人在坚持教化优先的前提下，也非常欣赏女性别具一格的诗歌创作。梁章钜的闺秀诗学旨趣，是将闺秀诗歌艺术风格的点评与闺秀诗人精神气质的品评融合为一体，以诗见人，人与诗互为一体。

《闽川闺秀诗话》中的评点术语是散见各条之下的，但如果细加寻绎，亦可见其内在理路。《闽川闺秀诗话》经常用到的有这样一些概念和术语，如意在言外、入画、清丽、蕴藉、婉约、意、味、神理、气格、格调、声韵，这些概念在中国古典诗歌评点史中是经常用到的，但由于中国古典诗歌的诗味的微妙和细腻，且不同评点家的理论意指、美学理想，甚至使用习惯的不同，经常会有这样的现象，很多概念是比较相似的，甚至一些双音节的术语是由单音节术语所组成，如以"格"为例，以"格"这个单音节概念构成的双音节的概念就有："体格""气格""高格""格力""格致""格范""格调""格轨""格度""格套"等等，[22]从中可以感受到批评家在面对有着细微差别的诗味、诗境所作出的术语斟酌。这种批评话语状况是与中国诗歌审美特性直接相关的。因此，在相关概念的分析上，既要立足于广义的诗学批评史，也要立足于作品的语境。梁章钜在点评闺秀诗人时，更是非常注重闺秀诗人作品自身的特点，在统一性中更强调诗歌作品的独特性。

（一）彰显闺秀性别特征的审美旨趣

闺秀诗歌自然有其本身的性别特征。从晚明开始的个性解放思想，人们就已经开始重视女性文学的特质，并且在传统的批评话语中寻找到彰显女性特质的批评概念。如托名钟惺所编的《名媛诗归》的序言中，就是根据竟陵派的文学思想，反对明代的拟古风气，倡导性灵书写，认为女性的文学书写最能体现人之性灵，以"清"的概念来彰显女性文学的性别特征：

> 诗也者，自然之声也，非假法律模仿而工者也。……若夫古今名媛，则发乎情，根乎性，未尝拟作，亦不知派，无南皮西昆，而自流其悲雅者也。……夫诗之道，亦多端矣，而吾必取于清。向尝序友夏《简远堂集》曰："诗，清物也，其体好逸，劳则否；其地喜

---

22 参考汪涌豪：《中国文学批评范畴及体系》，复旦大学出版社，2007 年版，第 169-186 页。

净，秽则否；其境取幽，杂则否；然之数者，本（当作'未'）有克胜女子者也。"盖女子不习轴仆舆马之务，缛苔芳树，养纸薰香，与为恬雅。男子犹藉四方之游，亲知四方，如虞世基撰《十郡志》，叙山川，始有山水图；叙郡国，始有郡邑图；叙城隍，始有公馆图。而妇人不尔也。衾枕间有乡县，梦魂间有关塞，惟清故也。清则慧，卢眉娘十四能于尺绢绣《灵宝经》，字如粟粒，点画分明，又以丝一绚结为金盖，中有十洲三岛，台殿凤麟之状。嗟乎！男子之巧，洵不及妇人矣！其于诗，又岂数数也哉？[23]

明代复古之风盛行，在回归文学的自然本性中，认为女性和文学有着天然的联系。在诗的自然本性中，最为突出的特点就是"清"。"清"体现在诗体的逸、诗地的净、诗境的幽等方面。而这些特点恰好和女性的体性相通。男性有繁多的社会参与和奔突的个人欲望，而女性则安守闺阁庭院，朴归自然；男性总是以理性思维概括地看待和感受世界，而女性则凭直觉和本能感受世界。女性内心常守清净，故而能静中生慧。正是在"清"这一点上，女性和诗有天然的联系。她们的创作是"发乎情，根乎性"，而非模拟牢笼于一家一派，"无南皮西昆，而自流其悲雅者也"。从晚明开始，"清"成为点评闺秀诗歌的一个重要诗学概念，指闺秀基于性情所产生的以清气为底蕴的风格特征。梁章钜在对闺秀诗歌的点评中，也是以"清"这个核心概念来彰显闺秀诗歌的艺术特色。围绕"清"，形成诸如"清丽""清机""清空""清婉"等点评术语，"清"既是文辞风格，也是闺秀诗歌性别特征的指称。

对余珍玉和余尊玉姐妹的诗句"风扫庭前鸣碧玉，月临树里伴瑶琴""蕊含白种园中玉，英落黄铺径里钱"，梁章钜评之为"俱清丽可诵"[24]。对黄淑婉的诗句"朱户半扃人语碎，粉廊回合鸟声多""坐久不知更漏尽，满天凉露湿轻纱""风定月斜霜满地，西廊人静一声钟""只恐笛声吹落去，不如移入胆瓶看""最好斜阳云外透，绿阴墙角簇猩红"，评之为"皆清丽可喜"[25]。这里的"清"是着眼于用词的精工，物象色彩的清爽明快，可见出闺秀的玲珑诗心。对郑金銮《长江夜行》"万里秋逾远，霜浓鸟自惊。沙汀无限爽，短苇有余清。江色涵山色，钟声答橹声。客情偏耿耿，渔火映窗明"，《蓬莱阁观海和韵》"高

23 （明）钟惺：《名媛诗归》序，见胡文楷：《历代妇女著作考》，第883-884页。
24 （清）梁章钜：《闽川闺秀诗话》卷1，见《续修四库全书》第1705册，第627页。
25 （清）梁章钜：《闽川闺秀诗话》卷2，见《续修四库全书》第1705册，第632页。

阁层峦上，沧溟那有垠。射工迎落日，飓母类奔云。缥缈来三岛，高寒到十分。登临余感慨，渔笛不堪闻"，评为"藻丽气清，不愧家学"[26]，体现出闺秀在行旅中别样的怀抱，既有疏朗开阔的视野，又有沉郁浩渺的心境，还有清气贯穿其中。对郑咏谢的《郑芥舟伯兄归建安》"最怜初束发，风木痛难除。一别违庭训，谁能读父书。天乎偏我夺，壮也不人如。学古关心切，非君孰起予"。"且住为佳耳，胡然不肯留。江干数杯酒，落叶一天秋。远道依依别，西风渺渺愁。何时重把袂，觏缕叙离忧"，评为"清空如话，一往而深"[27]，着眼于闺秀诗歌中的性情之真。对郑夫人的《壬辰仲夏重游西湖示儿女诗》"朝暾看到夕阳红，山色湖光平远中。猛忆坡公诗句好，莫将有限趁无穷"，评为"一片清机，且有见道之语，闺集中所不易得也"[28]，着眼于闺秀诗歌中所体现的慧心之思。评何玉瑛诗句"礼罢佛香帘乍卷，窥人燕子语梨花。""未忍和苔黏展迹，月明携带扫瑶华"，为"皆清婉可诵"[29]，着眼于语气的细微婉转。可以看出以"清"为核心，《闽川闺秀诗话》从语言、物象、情思、心境、语气等多方面展现闺秀诗人在诗歌中所体现的精神特质。

　　受制于温柔敦厚的诗教观，无论闺秀的性情养成，还是发言为诗，都讲究性格的柔和适度与表达的蕴藉婉约。因此语言上的雅洁，情感的含蓄，是闺秀诗风必备的美学素养。如郑方坤在指导女儿郑青苹练习诗歌写作就是将"蕴藉"作为一种美学风尚来引导女儿的诗歌创作。"余少时承有美明经（荔香先生子）以残书相示，曰'此尚是吾先君课女旧稿'也。中密圈'小窗'七字，评云蕴藉"[30]。梁章钜点评王琼瑛诗句"风水吐吞帆力饱，烟波绵缈橹声柔""草意绿随双岸活，黛痕青抹数峰低""杨柳晚烟沽酒客，桃花春雨钓鱼船"，认为"皆蕴藉宜人，不屑为粗豪语"[31]，即针对语言的雅洁和抒情写意的含蓄。评黄幼藻的《明妃曲》"天外边风掩面沙，举头何处是中华。早知身被丹青误，但嫁巫山百姓家"，认为"诗意婉约，自是香奁中语"[32]等皆为此例。

　　由上面的分析，我们可以看到，"清""蕴藉""婉约"这些诗学旨趣其实

26　（清）梁章钜：《闽川闺秀诗话》卷2，见《续修四库全书》第1705册，第636页。
27　（清）梁章钜：《闽川闺秀诗话》卷2，见《续修四库全书》第1705册，第637页。
28　（清）梁章钜：《闽川闺秀诗话》卷3，见《续修四库全书》第1705册，第644页。
29　（清）梁章钜：《闽川闺秀诗话》卷4，见《续修四库全书》第1705册，第653页。
30　（清）梁章钜：《闽川闺秀诗话》卷2，见《续修四库全书》第1705册，第635页。
31　（清）梁章钜：《闽川闺秀诗话》卷4，见《续修四库全书》第1705册，第657页。
32　（清）梁章钜：《闽川闺秀诗话》卷1，见《续修四库全书》第1705册，第629页。

是关涉两个方面，一方面指的是闺秀诗歌在文辞表达层面的美学特征，另一个方面是对闺秀性情的衡量与规约。

除了这些能在整体上彰显闺秀诗人特征的诗学旨趣外，梁章钜也非常细微而敏锐地抓住闺秀诗人的诗歌表达技巧进行点评。如点评宋芳斌的《秋闺》回文句"鸦飞玉镜窥新黛，凤舞珠钗坠澹妆。斜树夜迷城月白，暗沙秋入塞云黄"，评为"亦见巧思"[33]，即就闺秀的别致诗笔与独特慧心来进行点评的。评吴荔娘的诗句"我为丹青先比较，此君风韵却输卿"，认为"皆从题外设想，运笔自是不凡"[34]，这些评价都是从选词设色、意象择取、运笔手眼方面敏锐地发现了女性特有的艺术感知和诗性生发力。

除了上述于细微处显闺秀诗人创作情致外，梁章钜也注重从整体对闺秀诗作进行点评。在诗画中追求"意在言外"的审美旨趣是中国古典诗歌重要审美特征，这一诗学旨趣从钟嵘《诗品序》的"滋味说"，司空图的"味外之旨"、严羽"不涉理路，不落言筌"、"空中之音，相中之色，水中之月，镜中之象"演化而来，已渗透到诗歌评论中，标示着中国古典诗歌具有超出语言意义层面的审美意义。梁章钜在点评诗歌时，也是从这一角度出发对闺秀诗歌做整体性的评价。如评阮氏的《题画雁》诗"长江潮落见平沙，秋水连天一雁斜。添个双飞成比翼，却愁践踏到芦花"，认为"意在言外"[35]；对苏芳济的绝句《长春花》"淑气初融日影斜，巡檐小立惜芳华。莫疑点染胭脂色，开向东风夺晚霞"，评为"颇有言外之致"[36]，可以看出梁章钜从诗句的超出语言层面之外的美学特征这一角度对闺秀诗歌的激赏。

诗话的评点无疑会十分鲜明地彰显出评点者的个人趣味。梁章钜擅书画，精赏鉴，著有《吉安室书录》，收录了顺治到道光年间清代著名书画家达一千多人，其中收录闺秀书画家六十多人。梁章钜在点评闺秀诗歌时，往往也会从书画相通的角度进行点评。一者很多闺秀本身诗画兼擅，如许琛、梁蓉函、沈毂等；二者闺秀题画诗较多，如前所论，很多闺秀诗歌的传播就是以题画诗的形式加以传播。因此梁章钜在点评诗歌（特别是题画诗）时，自然从诗画结合的整体性中点评闺秀诗作，评张季琬的《题画蝶诗》"题画不即不离，出之闺

---

33 （清）梁章钜：《闽川闺秀诗话》卷1，见《续修四库全书》第1705册，第628页。

34 （清）梁章钜：《闽川闺秀诗话》卷1，见《续修四库全书》第1705册，第631页。

35 （清）梁章钜：《闽川闺秀诗话》卷1，见《续修四库全书》第1705册，第626页。

36 （清）梁章钜：《闽川闺秀诗话》卷1，见《续修四库全书》第1705册，第628页。

媛，尤为难得"[37]；评黄淑畹的《游鼓山》"负郭磌田春水绿，隔江画舸夕阳红""尤堪入画也"[38]；评价许德馨的《新燕诗》"可入画"[39]，这些都是着重从诗画互通的视角对闺秀诗歌进行点评。

（二）推崇闺秀学行并重的评点旨趣

到了清代，中国诗歌史的各种审美类型已经成熟，这些审美类型往往是诗歌史中经典化了的诗歌类别或者流派等，如古诗、乐府、中晚唐诗等。这些诗歌美学范式既是诗人效法模仿的对象，也是评点诗歌的参照。

梁章钜也多是基于这些诗歌审美类型来点评闺秀诗歌，如评陈玉瑛的《登台》《春日》《忆女》"有中晚唐人风味"[40]；评徐氏《秋日忆姊诗》[41]与林瑛佩《秋夜寄夫》"颇有古意"[42]；评陈端璧的《灯月》"虽浅语而却有古乐府神理"[43]；评周蕊芳《兴化江口驿行滨海山径中口占》"杂之四灵集中，殆未易辨"[44]。可以看出梁章钜是在诗歌史的整体视野和已有的诗歌审美类型来点评闺秀诗歌，或者说梁章钜对于闺秀诗歌的评点也是将闺秀诗纳入整个中国诗歌史的一种行为。

梁章钜诗论不仅强调诗歌本身的字句趣味，更重要的是讲求诗人的学行一致，看重闺秀诗人的人格修养。这个观念表现在其诗评中有"胸襟""襟期"等说。如其评价王琼英的《松柏长青图》云："老干凌云垂荫远，浓阴覆尽往来人"，"想见其胸襟"[45]；再如评价郑翰莼的《送春》绝句"'残春委地恨无涯，狼藉谁怜旧绮霞。不忍看他零落尽，为伊细细护根芽。'如此襟期，林氏之兴，宜其未有艾矣"[46]，"襟期""胸襟"即指女性诗作映现出的不同流俗、气度不凡、境界自阔，具有高格逸致的视野、眼光、胸怀，以上可见，梁章钜的评价不斤斤于字句，强调对于女性人格新质素的期待。

将人格修养审美化，寓美学理想于具体诗歌评价范畴中，是梁章钜的闺秀

37 （清）梁章钜：《闽川闺秀诗话》卷2，见《续修四库全书》第1705册，第630页。
38 （清）梁章钜：《闽川闺秀诗话》卷2，见《续修四库全书》第1705册，第632页。
39 （清）梁章钜：《闽川闺秀诗话》卷2，见《续修四库全书》第1705册，第639页。
40 （清）梁章钜：《闽川闺秀诗话》卷1，见《续修四库全书》第1705册，第628页。
41 （清）梁章钜：《闽川闺秀诗话》卷1，见《续修四库全书》第1705册，第625页。
42 （清）梁章钜：《闽川闺秀诗话》卷1，见《续修四库全书》第1705册，第626页。
43 （清）梁章钜：《闽川闺秀诗话》卷4，见《续修四库全书》第1705册，第656页。
44 （清）梁章钜：《闽川闺秀诗话》卷3，见《续修四库全书》第1705册，第647页。
45 （清）梁章钜：《闽川闺秀诗话》卷4，见《续修四库全书》第1705册，第657页。
46 （清）梁章钜：《闽川闺秀诗话》卷2，见《续修四库全书》第1705册，第634页。

诗评的又一特色，如其评价郑孟姬的"《即目》二首虽着墨无多，而具有气格"[47]，评价郑金銮的《长江夜行》"藻丽气清，不愧家学"[48]。"气"是中国文学理论史上一个的经典概念，最初来自孟子的"养气说"，最初即有道德人格的内涵。曹丕将其引入了文学批评，"文以气为主，气之清浊有体，不可力强而致"[49]，确立了以气论诗的诗论传统。明清以后的以气论诗，总该道统、人格与诗格，如明人彭时《文章辨体序》："天地以精英之气赋于人，而人钟是气也，养之全，充之盛，至于彪炳闳肆而不可遏，往往因感而发，以宣造化之机，述人情物理之宜，达礼乐刑政之具，而文章兴焉。"[50]而《闽川闺秀诗话》将"气"这个概念引入，从声韵、神韵到才调的品题，显示出评价闺秀诗人续接传统的用意。

除此之外，《闽川闺秀诗话》还运用了"韵"这个批评话语，包括由此引申而来的声韵、神韵等概念，如其论庄九畹的《贺莘田先生重宴鹿鸣诗》，"声韵俱足，忘其为巾帼中诗也"[51]；又如评郑翰莼的《归舟次建安》二律，"神韵苍凉，是《玉台》中别调"[52]。

另外一个概念批评话语是"调"，包括由此引申而来的风调、才调、格调、高调等也被梁章钜运用到闺秀诗歌评语中。如评赵玉钗的诗"落笔亦自雄伟""风调固自不凡也"[53]；评郑徽柔的《贺莘田表弟重宴鹿鸣诗》，"倜傥不凡，可以想见其才调"[54]；评萨连如的诗"有唐人格调"[55]；评梁蓉函《吴中留别》四律，"情文相生，词调谐稳，若不知其为次韵也者，独出冠时之作，实足以旗鼓中原也"[56]；评梁兰芳的《送行诗》"慷慨激昂，巾帼中高调也"[57]。可见，梁章钜是以士人之诗的气、韵、格、调等语来加以评价，言外之意也就是说这

---

47 （清）梁章钜：《闽川闺秀诗话》卷1，见《续修四库全书》第1705册，第630页。

48 （清）梁章钜：《闽川闺秀诗话》卷2，见《续修四库全书》第1705册，第636页。

49 （清）严可均编：《全上古三代秦汉三国六朝文》，中华书局，1958年版，第1098页。

50 （明）吴讷著，凌郁之疏证：《文章辨体序题疏证》，人民文学出版社，2016年版，第2页。

51 （清）梁章钜：《闽川闺秀诗话》卷1，见《续修四库全书》第1705册，第630页。

52 （清）梁章钜：《闽川闺秀诗话》卷2，见《续修四库全书》第1705册，第634页。

53 （清）梁章钜：《闽川闺秀诗话》卷4，见《续修四库全书》第1705册，第659页。

54 （清）梁章钜：《闽川闺秀诗话》卷2，见《续修四库全书》第1705册，第634页。

55 （清）梁章钜：《闽川闺秀诗话》卷2，见《续修四库全书》第1705册，第640页。

56 （清）梁章钜：《闽川闺秀诗话》卷3，见《续修四库全书》第1705册，第645-646页。

57 （清）梁章钜：《闽川闺秀诗话》卷3，见《续修四库全书》第1705册，第651页。

些闺秀诗人具有和士人一样的节操与精神品格。因此在梁章钜对闺秀的人格和品行的看重。

此外，梁章钜还非常推崇那些诗境沉郁老成的作品。这些诗歌的背后是闺秀诗人的人生阅历所形成的沉稳内敛的气质和表达在诗中的人生哲理。对于闺秀诗歌这种哲理化特点，《闽川闺秀诗话》中的点评术语有"机""见道""老成"等。

如梁章钜夫人的《壬辰仲夏，重游西湖示儿女诗》"一片清机，且有见道之语，闺集中所不易得也"。有的虽未明出，但实系此意，梁章钜夫人的《纪事》绝句云："'牵船上岸太无端，坐守危楼理始安。幸我此心如止水，早闻飞骑报回澜'。纪事述怀，情景兼到。万廉山郡丞喜诵之，谓虽单词实可传也"。评《到家杂诗》，"写情写景，俱有落落不凡之概。'懒与人言田有无'七字，尤可传"[58]。

"道"，事物的普遍规律，于诗中得之，提高了诗的内在力量。评江鸿祯诗，"所存古近体皆备，出口老成，而毫无稚气，亦绝无衰飒之音"[59]，评黄幼繁诗"字字老成，不似闺房凡响"[60]。可见梁章钜对于女性诗歌哲理性的肯定，以及诗歌背后女性人格和气质的欣赏。评王琼瑛的《蜀行出峡》，为"则已见道语矣"[61]。"老成"，是对于诗歌风貌进入老境的概括，达到此类境界者都是人生修养高、人生体悟深之人。

在《闽川闺秀诗话》中，贯穿着以诗见人的评点原则。应该说在清代，特别是清中叶后期纂集女性诗集虽然较为丰富，但专门系统地运用一整套批评话语对于闺秀诗歌进行点评，并且从整体性的诗歌史视野中评判闺秀诗歌的创作水准、发掘闺秀文学创作价值、激赏闺秀的精神人格，其功应属梁章钜《闽川闺秀诗话》，其在中国女性诗歌批评史中值得称道。

三、艳异神秘之书写与道德诗艺之关注

应该说，女性诗歌的编集经历了一个漫长的过程。在伦理道德序列中女性处于从属性地位，故而其诗才并未受到鼓励，其作品更是很少得到关注。

58　（清）梁章钜：《闽川闺秀诗话》卷 3，见《续修四库全书》第 1705 册，第 643-644 页。

59　（清）梁章钜：《闽川闺秀诗话》卷 4，见《续修四库全书》第 1705 册，第 656 页。

60　（清）梁章钜：《闽川闺秀诗话》卷 1，见《续修四库全书》第 1705 册，第 629 页。

61　（清）梁章钜：《闽川闺秀诗话》卷 4，见《续修四库全书》第 1705 册，第 658 页。

稚川十卷，班孟樊夫人之外，名不多传。刘向列仙，江妃钩弋，
寥寥仅见。他若灵芸同昌之类，人各一传，指难概屈，目不胜收。
况空摭芳名，铺扬香迹，纵间及诗歌，终隶稗史。甚则梁家四部，
书目徒存；唐代艺文，蠹鱼久蚀。罗虬比红，李绅真娘，俱属赠章；
而玉兰萧关，德华清江，又误收别作，都非绣手真本。[62]

在明清之前女性作品多散佚不传。明清时期随着大量有才华的女诗人的出现，女性诗歌创作也渐为人所重视。乾隆年间著名的藏书家汪启淑，曾专门搜罗女性作品，"将所选国朝名媛诗授梓，凡若干卷，作者二千家有奇。"其搜集的范围十分广泛，"凡足迹所至，搜辑遗闻，其有流传佳什，必录而藏之。至于地志家乘，丛编杂记，一切刻本所载，无不遍采。"（《撷芳集》沈初序）[63]最后成《撷芳集》八十卷，其作品与人数之多，大大超出一般人对女性创作的认知。到了清代，专门著录女诗人及其作品并进行整理评点的诗话开始大为流行。

但早期，女性诗歌收集艰难之时，许多具有艳异色彩的传奇、才子佳人故事、笔记小说中留有的女子创作也被纳入辑录范围中。这些无从稽考的女性诗歌，未必是出于女性诗人之手，很多是男性为了满足自己的猎艳幻想而虚拟的女性作品，但这一书写模式对后世女性诗歌的创作和收录也产生了一定的影响。早期的女性诗歌、诗话有不少是书写情事、艳事、异事的，就是这一影响的证明。这些逸出伦理道德之外的艳异女子，艳情与诗才融于一身，既是满足了男性的窥伺欲望，也以镜像的方式完成了对才情女子的想象性塑造，这种书写模式也或多或少被其后的女性诗话所继承。当然，客观来讲，这也足见撰写女性诗话搜集材料的困难和尴尬，其素材得自正史的颇少，往往不得不乞援于野史和笔记小说。下面，来看入选女性诗话的才子佳人故事的有贾蓬莱和张红桥的故事。

贾蓬莱的故事见于郑方坤《全闽诗话》，也见于丁芸的《历代闽川闺秀诗话》（引《剪灯余话》）：

上官守愚者，扬州人，为奎章阁授经郎，时居顺天馆东，与国史检讨贾虚中为邻。贾，闽人，无嗣，止三女。

守愚子粹，甚清俊聪敏。生时，人送《唐文粹》一部，故小字

---

62 （清）宗元鼎：《翠楼集》序，见胡文楷：《历代妇女著作考》，第903页。
63 胡文楷：《历代妇女著作考》，第913页。

粹奴。年十岁因遣就贾学贾夫妇爱之如子，三女亦兄弟视之，呼为"粹舍"。尝与其幼女蓬莱同读书、学画，深相爱重。贾妻戏之曰："使蓬莱他日得婿如粹舍，足矣。"归以告守愚曰："吾意正然"。遣媒往议，各已许诺。粹二人亦私喜不胜。不期贾忽罢归，姻事竟弗谐。

后三年，守愚出为福州治中，始至，僦居民舍得楼三楹，而对街一楼尤清雅。问之，乃贾氏宅也。守愚即日往访，则琼瑶、环佩（蓬莱姊，笔者注）已适人。惟蓬莱在室，亦许婚林氏矣。粹闻之，悒怏殊甚。蓬莱虽为父母许他姓，然亦非其意。知粹至，欲一会而无由。彼此凝立楼栏，相视不能发语。蓬莱一日以白练帕裹象棋子掷粹，粹接视。上画绯桃，题一诗曰："朱砂颜色瓣重台，曾是刘晨旧看来。只好天台云里种，莫教移近俗人栽。"粹虽美其意，然莫如之何。亦画梅花一枝，复以诗曰："玉蕊含春揾素罗，岁寒心事谅无他。纵令肯作仙郎伴，其奈孤山处士何。"用彩绳系琴轸三枚，坠之投还蓬莱。蓬莱展看，闷闷而已，未喻。

时适上元节，闽俗放灯甚盛，男女纵观。粹察贾氏宅眷必往，乃潜伺于其门，更深后果有女夫异轿数乘而前，蓬莱与母三四辈上轿，婢妾追随相续不绝。粹尾其后，过十余街，度不得见。乃行吟轿旁曰："天遣香街静处逢，银灯影里见惊鸿。彩舆亦似蓬山隔，鸾自西飞鹤自东。"蓬莱知为粹也。欲呼与语而碍于从者。亦于轿微吟曰："莫向梅花怨薄情，梅花肯负岁寒盟？调羹欲问真消息，已许风流宋广平。"粹知答己梅花之作，不觉感叹，归念蓬莱之意虽坚，而林氏之聘终不可改。乃赋《凤分飞》曲，诗成无便寄去。忽贾遣婢送荔子一盘来。粹诡曰："往在都下，与蓬莱同学，有书数册未取。乞以此帖呈之，望早送还。"婢不疑有他，持送蓬莱，蓬莱读之泣曰："嗟乎，郎尚不余谅也。"乃作《龙剑合》曲答之，示终身相从之意。写以鱼笺，密置古文中，付婢绿荷曰："粹舍取旧所读书，此是也。汝可持还。"其诗云云。粹读之，服其才而感其意。

俄而闽中大疫，蓬莱所议林生竟死。贾夫妇知粹未婚，乃遣人求终好，守愚欣然从之。六礼既备，亲迎有期，花烛之夕，粹与蓬莱相见，不啻若仙降也。因各赋诗志喜。时至正十九年己亥二月八日也。粹诗曰："海棠开处燕来时，折得东风第一枝。鸳枕且酬交颈愿，鱼笺莫赋断肠诗。桃花染帕春先透，柳叶蛾黄昼未成。不用同心双结带，新人原是旧相知。"蓬莱诗曰："与君相见即相怜，有分终须到底圆。旧女婿为新女婿，恶姻缘化好姻缘。秋波浅浅银灯下，春笋纤纤玉镜前。天遣赤绳先系足，从今唤作并头莲。"蓬莱有诗集，粹序之名曰"絮雪"。[64]

另外，还有闽籍才子林鸿与歌妓张红桥的爱情故事（见于《全闽诗话》及《历代闽川闺秀诗话》），二人以诗唱和传情，但情节不免陷入霍小玉、崔莺莺故事之窠臼：

> 张红桥，闽县良家女也。居于红桥之西，因自号红桥。聪敏善属文。豪右争欲委禽，红桥不可。语父母，曰："欲得才如李青莲者事之。"于是操觚之士咸以五七字为媒。邑子王恭自负擅场，一盼而已，都不留意。长乐王偁赁居邻，并窃见其睡起，寄之以诗，怒其轻薄，深居不出。偁悒怅而去。偁之友福清林鸿道过其居，留宿东邻。适见张焚香庭前，托邻妪投之诗曰："桂殿焚香酒半醒，露华如水点银屏。含情欲诉心中事，羞见牵牛织女星。"张捧诗为之启齿，援笔而答诗曰："梨花寂寂斗婵娟，银汉斜临绣户前。自爱焚香消永夜，从来无事诉青天。"妪将诗贺鸿曰："张娘子案头诗卷堆积，曾未挥毫，今属和君诗，诚所稀有。"鸿大喜过望，使妪道殷勤。越月余，始获命。鸿遂舍其家以外室处之。自是唱和推敲，情好日笃。偁盛饰访鸿，求张一见。张愈自匿。偁密赂侍者，潜窥鸿与张狎，因作《酥胸》《云髻》二诗以调之。

> 张愈怒。偁知其意，乃挽鸿游三山。越数日，鸿亡归。夜至所居，张方倚桥而望。鸿赋三绝句："溶溶春水漾琼瑶，两岸菰蒲长绿苗。几度踏青归去晚，却从灯火认红桥。""素馨花发暗香飘，一朵斜簪近翠翘。宝马归来新月上，绿杨影里倚红桥。""玉阶凉露滴芭蕉，独倚屏山望斗杓。为惜碧波明月色，凤头鞋子步红桥。"张倚和焉："桂轮斜落粉台空，漏水丁丁烛影红。露湿暗香珠翠冷，赤阑桥上待归鸿。""桥外千花照碧空，美人遥隔水云东。一声宝马嘶明月，

---

64 （清）郑方坤：《全闽诗话》卷10，见《续修四库全书》第1702册，第341-343页。

惊起沙汀几点鸿。""草香花暖醉春风,郎去西湖妾向东。斜倚石阑
频怅望,月明孤影笑飞鸿。"

越一年,鸿有金陵之行,唱和《大江东》一阕留恋惜别,又明
年鸿自金陵寄《摸鱼儿》一阕,绝句七首。……

张自鸿去后,独坐小楼,顾影欲绝,及见鸿诗词,感念成疾,
不数月而卒。鸿归,遽往访之。及至红桥,闻张已卒,失声号绝,
彷徨之际,忽见床头玉佩玦悬一缄,拆之,有《蝶恋花》词及留别
七绝句。……[65]

在贾蓬莱和张红桥的故事中,贾蓬莱以大团圆结局,而张红桥则以悲剧结
局。两则故事颇有风雅韵事、传奇小说之色彩,是才子佳人类型的传奇。爱情
故事的叙述中,妙趣横生的诗歌是二人传情达意之媒介。而其中贾蓬莱的故事
类似《西厢记》中崔张二人赋诗传情的情节,最终他们喜结良缘,皆大欢喜,
具有喜剧色彩。

另外,有的女性诗话还收录有志怪色彩的故事:

莘七娘,五代时人,从夫征讨,夫没于明溪乡,七娘葬焉而即
居于明溪。七娘死,合夫葬。明溪者,延汀接境要道,是有巡简司
驿,驿左,七娘葬处。一夕,客假馆驿,中夜闻吟诗声甚悲。客惊
异,使反之,再诵,琅然其词曰:"妾身本是良家女,幼习女工及
书史。笄年父母常爱怜,遂使良人作鸳侣。五季乱离多寇盗,良人
被命事征讨。因随奔逐道途间,忽染山气命丧天。军令严肃行紧急,
良人命没难收拾。独将骸骨葬明溪,数尺孤坟空寂寂。屈指经今二
百年,四时绝祀长萧然。未能超脱红尘路,妾心积恨生云烟。"达
旦,客语邻,并书其词壁间去。自是,乡人构室墓前祀之,祷祈响
应。宋嘉定中,敕封惠利夫人,复加福顺夫人。文天祥题庙诗曰:
"百万貔貅扫犬羊,家山万里受封疆。男儿若不平妖虏,死愧明溪
莘七娘"。[66]

莘七娘的故事颇具悲剧色彩,战争离乱之际,莘七娘随夫征讨,夫妻先后

---

65 (清)郑方坤:《全闽诗话》卷10,见《续修四库全书》第1702册,第343-344
页。

66 (清)丁芸:《历代闽川闺秀诗话》卷3,侯官丁氏民国十九年刊本,中国国家图
书馆藏。

死亡。两百年后，莘七娘的鬼魂显灵于宦客，客将莘七娘所吟之诗书写于墙壁后，莘七娘之事方为人知，并得受祭祀以及官方的封诰。这个故事可见战乱频繁之时女性的悲惨遭遇。

此类艳事、异事以及其中的诗歌给了女性诗歌的创作和女性诗话的选录带来潜在影响。如邱卷珠的故事：

> 邱卷珠，字荷香，闽县人，诸生詹振甲侧室，早卒，有《荷窗小草》。《闺秀正始集》云：荷香与张荷香、藕香先后归詹声山（原注，即振甲字），寻荷藕先后没，声山乃合莲香诗为《三生堂稿》。荷香偶拾花瓣砌"情"字，忽被东风吹去，口占一首云："为情憔悴懒言情，聊把闲情寄落英。香雨团成缘一缕，雪泥证到梦三生。芳菲已谢空怜惜，飘泊难禁易变更。好语风姨更吹聚，前生原是许飞琼。"五六句竟成诗谶。[67]

这则诗话情节虽然简单，但是表达了缠绵悱恻之情感，虽然正面情节没有做过多表现，但是能够给人留有一定的想象空间。

另外，值得注意的是，在《闽川闺秀诗话》的选录内容中，能够体现出儒家诗教和女性诗话所原有的神秘色彩相结合的特色。

> 贞女齐祥棣，余亡友河南知府鲲女，梦槐老人孙女也。许字同邑儒士陈兆熊，未于归而兆熊卒，家人秘之弗使知。有他姓来求婚者，女始觉，潜易素服投莲池中。时陈氏宅中忽起异香，人皆骇异。后乃知其为贞女之魂归来也。贞女初生时，其母梦人授以白莲花，故贞女十余岁时有《咏白莲花》七律云："佳人玉立水中央，浣尽铅华作素妆。琼佩月明遗远浦，缟衣露冷渡横塘。娇能解语应增媚，淡欲无言只送香。秋气满湖凉似洗，扶持清梦到鸳鸯。"人以为诗谶。后陈家迎其枢归合葬，其墓正对莲花峰云。[68]

这本是个传统的未婚妻殉夫的事情，但是增加了神异情节，即此女出生时便有异象，并且投水而死后化为白莲，这样，一个道德训诫的故事具有了浪漫的色彩，在一定程度上增加了道德训诫的力量。

综上所述，《闽川闺秀诗话》对闺秀诗歌的辑录与评点更加侧重于温柔敦

67　（清）梁章钜：《闽川闺秀诗话》卷1，见《续修四库全书》第1705册，第628页。

68　（清）梁章钜：《闽川闺秀诗话》卷4，见《续修四库全书》第1705册，第659-
　　600页。

厚的道德教化,除此准则外,诗歌编选主要着眼于诗歌的艺术与思想水准。在这样一个变化过程中可以看出,女性自身的人格魅力与诗歌成就越来越受到人们的重视,而附着于其上的艳异色彩慢慢被淡化,女性作为诗人的本色逐渐清晰地呈现在人们的视野中,而不再仅仅如贾蓬莱、张红桥般成为满足男性猎奇猎艳的想象对象。而与此同时,那些不符合宗法妇德的女性诗人则难以受到关注。可以说,梁章钜在加强道德意识和诗歌精英意识的同时,也窄化了女性诗话选诗的途径。

第二节　闺秀诗人的创作谱系与诗学创新

明清时期闺秀诗人的创作谱系是有序可循的,特别是清代,闺秀诗文集被大量刊刻。在这些闺秀集中,交织着有关女性的生平、伦理、才性等的叙述。通过一系列诗文集的撰写和刊刻,意味着编纂者对性别的文化本质的剖析和探寻;同时在伦理坐标与审美范式上,也强化着宗法社会对于女性自身的性别角色认同。

一、闺秀诗人书写传统的传承

从"闺秀"一门我们可以看出,传统社会中女性文化自成谱系,我们可以称之为文化母系。母系是从社会学借鉴过来的词语。应该说,在文化母系中,架构是比较完善严整的,从历史、伦理、教育、文学、艺术等方面,构成一个自足的系统。在这样一个女性谱系中,以上各门类都有其典范,史学和伦理方面以班昭为代表,诗歌以谢道韫为代表,书画则以卫夫人为代表。可见,女性的文化及文艺有着自己的谱系的。

在漫长的历史演进中,形成了相对稳定的闺秀伦理。而闺秀伦理的习得很大程度上是在儒家教化中完成的,具体而言是有赖于对于相关女性经典的参习。闺秀们除了对于经典的学习,有的人还对于经典有进一步阐发以形成相关伦理规范著作。依照胡文楷《历代妇女著作考》,有关闺秀的著作可以分出不同的类型:伦理类,包括经典阐述类、家训类(包括女训)。经典阐述类有:《女诫衍义》(夏云英)、《女诫杂论》(徐淑英)、《班氏女诫笺注》(钱淑生)、《女诫浅释》(劳纺)等;家训类有:《家范》(吴志坚)、《曾氏家范》(左锡嘉)、《曾氏女训》(刘鉴)、《北堂日训》(陆佩珍)、《胥溪朱氏阃范录》(周润)等;

女训类有：《彤规素言》（王德徽）、《宫闺仪则》（陆海琴）、《女鉴录》（吴静）、《闺训十二则》（扈斯哈里氏）、《女训遗诲》（邵氏）等。此外，还有闺秀史传类：《列女传补注校正》、《列女传补注》（王照圆）、《列女传校注》（梁端）、《列女传集解》（萧道管）、《列女征略》（汪清）、《古今名媛考略》（陈勤先）、《历代列女论》（李闰）、《兰闺实录》（恽珠）、《历代后妃始末》（葛定）、《壶史》（赵景淑）、《女世说》（严蘅）等。闺秀对于伦理著作的阐述，体现出闺秀对于传统伦理道德的高度自觉，传统伦理道德已经自然而然地内化于女性的行为当中，而闺秀史传是则是伦理的形象化体现，更有利于相关道德规范的渗人身心。

宗法社会的女性正是在各谱系的影响下形塑自身的伦理认知，并进行文艺创作的。正如周仲姬称"帖临卫氏迹，书读曹家文"[69]。就整个文化系统而言，传统的体系与范式涵养并铸造了闺秀的人格和作为。

此外，就地域而言，正如蒋寅称："当地域传统在这些文献中浮现出来，并被人们所接受时，它就对一个地方的文学传统和批评产生极大的影响，使当地诗人的师法、写作和评论有了一个更切近的参照系，最终使得文学批评的价值标准不能再局限于自诗骚到唐宋的经典传统，而必须与地域的小传统结合起来。"[70]不仅地方诗歌批评系统如此，闺秀诗歌创作的地方风貌也是与该地域的传统有着密切联系的，即该地域早期典型的闺秀诗人之风对该地闺秀诗人有着深远的影响。

通过梳理相关材料可以看到：宫掖以梅妃为代表，鼎革之际的义士之妻以蔡玉卿为代表，早期节妇以张利民母为代表，而把节妇之德和名士之风完美结合在一起的则是许琛。这几位出身于不同社会阶层的福建女性，分别从某一个侧面凸显出闽地女性的精神气质与个性特征，为我们认识闽地闺秀群体提供了一个恰当的观察视角。

在闽地有名望且有诗歌流传的最早闺秀诗人是唐玄宗妃子江采蘋：

> 梅妃，姓江氏，莆田人。父仲逊，世为医。妃年九岁能诵"二南"，语父曰："我虽女子，期以此为志。"父奇之，名曰采蘋。开元中，高力士使闽粤，妃笄矣。见其少丽，选归侍明皇，大见宠幸。妃善属文，自比谢女。淡妆雅服而姿态明秀，笔不可描画。性喜梅，

---

69 （清）周仲姬：《课女》，《二如居诗集》，乾隆五年刻本，3b 页，福建省图书馆藏。
70 蒋寅：《清代文学论稿》，凤凰出版传媒集团，2009 年版，第 74 页。

所居阑槛悉植数株，上榜曰"梅亭"。梅开，赋赏至夜分尚顾恋花下不能去。上以其所好戏名曰"梅妃"。妃有萧，兰，梨园，梅花，凤笛，玻杯，剪刀，绮窗八赋。会太真杨氏入侍，宠爱日夺。太真忌而智，妃性柔缓，亡以胜。竟为杨妃迁于上阳东宫。妃以千金寿高力士，求词人拟司马相如为《长门赋》，欲邀上意。力士方奉太真，且畏其势，报曰"无人解赋"，妃乃自作《楼东赋》。略曰："玉鉴尘生，凤奁香殄。懒蝉鬓之巧梳，闲缕衣之轻练。苦寂寞于蕙宫，但凝思乎兰殿，信摽落之梅花，隔长门而不见"。太真闻之，诉明皇曰："江妃庸贱，以庾词宣言怨望，愿赐死。"上默然。会岭表使归，妃问左右："何处驿使来，非梅使耶？"对曰："庶邦贡杨妃果实使来。"妃悲咽泣下，上在花萼楼会夷使至，命封珍珠一斛，密赐妃，妃不受，以诗付使者曰："为我进御前也。"曰："柳叶双眉久不描，残妆和泪污红绡。长门自是无梳洗，何必珍珠慰寂寥。"上览诗，怅然不乐。令乐府以新声度之，号《一斛珠》，曲名始此也。[71]

《历代闽川闺秀诗话》中将梅妃的传记作出自《新唐书》，但实际上《新唐书》上并未出现梅妃的传记，而在方志中是有记载的。关于梅妃的事迹，是围绕着宫廷斗争展开叙写的。从材料可以看出，梅妃性格和品节孤傲高洁，九岁即能诵"二南"，且以为志，见出儒家的道德人格规范从小就深入其心；性喜梅，善吟咏，是具有名士气的才女。梅妃并非世家出身，且性格倔强刚烈。在杨玉环和梅妃的宫斗中，梅妃没有一味迎合帝王，因此遭到冷遇。之后想要千金买赋，但在复杂的宫廷环境中备受孤立，因此写诗以明志，"长门自是无梳洗，何必珍珠慰寂寥"。梅妃的形象和传统的女性形象有所不同，其刚烈的性格逸出了怨而不怒的柔顺妇德范畴，并且在与帝王的关系中尽可能保持独立，而不是一味的屈服顺从。

在传统的女性题材系统中，宫廷闺怨的代表是陈皇后长门闺怨，以及班婕妤的形象。陈皇后擅宠被黜后，求宠而不得，留下"长门买赋"的典故，体现出对皇权的驯顺以及两性关系中的不平等。而班婕妤则是洁身自爱，远离宫中争宠的险恶斗争，最终在成帝陵守墓终老，表现出高洁的志向，而流传千古的"团扇歌"成为书写红颜薄命、佳人失势的名篇。以陈皇后和班婕妤为代表的

71　（清）丁芸：《历代闽川闺秀诗话》卷1，侯官丁氏民国二十九年刻本，1a，中国国家图书馆藏。

宫怨形象流传深远，就连非汉文化系统中的女性都在自觉不自觉地接受这种闺怨文化，正如辽太后萧观音，其十首《回心院》流传最广，徐釚的《词苑丛谈》、徐诚庵的《词律拾遗》、况周颐的《蕙风词话》、钟惺的《名媛诗归》、陆昶的《历朝名媛诗词》中均有收入、评析。如徐釚称其："怨而不怒，深得词家含蓄之意。斯时柳七之调尚未行于北国，故萧词大有唐人遗意也。"[72]但是闽女代表梅妃宁愿孤独寂寞也不愿委曲求全。

应该说梅妃所彰显的这一孤傲性格，对于闽地闺秀诗人的人格有潜在的影响。梁蓉函曾写《荔枝香》一诗表达了对梅妃的崇敬之情。"莆阳有女淑且美，闲吟团扇长门里。不用明珠慰寂寥，讵因口腹烦乡里。区区恩宠奚足论，要识河洲风化始。君不见当时爱梅高调致自佳，何曾遣进罗浮花。"[73]梅妃的独立性格深为梁蓉函所欣赏，可以看出梅妃形象在闽地女性中的接受。

梅妃是在皇权层面彰显出性格的孤傲，那么在士大夫圈层，以蔡玉卿为代表的女性，则彰显出闽地女性的刚烈和深明大义的凛然正气。蔡玉卿（1612年-1694年），名润石，字玉卿，福建漳州龙海人，南明隆武武英殿大学士黄道周夫人，著名书法家。有传见于《漳州府志》：

> 蔡氏润石，字玉卿，漳浦少詹事黄道周继室也。幼读书，能知大义，尝与其姊割臂疗母疾。及室道周，善事姑，以孝闻。益淹究古今，事通性理。道周廷杖系狱，玉卿寓书谓"天王明圣，不日霁颜。"语不及私。迨道周督诗出关，复致札云，"自古忠贞，岂烦内顾，身后之事，玉卿图之。"道周既死，乃使其长子偕门客之江南，得齿发以归，葬北山墓侧，虽流离播越，不脱衰经，与子侄言不踰阈，晚卜居龙潭，素食二十载，卒时年八十三。玉卿善临池，代道周作行草，几夺真。尝偕北上，舟中临卫夫人帖，人争以匹锦售之。然皆署道周名。晚年乃自署，亦不轻与人也。所著诗多不自传，仅得其《寄郑母》及《愤慨》数章。[74]

黄道周作为一代名臣，一生仕宦屡遭贬黜，而在他人生关键时刻，夫人蔡玉卿总能给他莫大的支持。可以说黄道周和蔡玉卿一外一内，彰显了儒家的正

---

72 （清）徐釚撰，康圭璋校注：《词苑丛谈》卷8，中华书局，2008年版，第189页。
73 （清）梁章钜：《闽川闺秀诗话》卷3，见《续修四库全书》第1705册，第646页。
74 （清）沈定均修，（清）吴联薰增纂，陈正统整理：《漳州府志》卷34，中华书局，2011年版，第1456页。

大人格。蔡玉卿对外，面对打击，"语不及私"，鼓励并支持黄道周以国家朝廷为重；对内，孝亲，归葬黄道周遗骸，在家行不踰阃。晚年守节，诗书自娱。其高洁刚正的品节得到闽地闺秀的极高推崇。周仲姬曾作诗表达了对这位前辈的敬重："石养山中风木哀，松楸未槁此心灰。悲歌不尽关禾黍，为有江南齿发来"；"八十长斋隐痛心，临池岂是欲开襟。孝经日写不盈卷，知是无弦也奏琴"；"诸翁邺上狎鸥沙，霜雪飘零亦忆家。携得二孤长避地，秋来忍看北窗花。"[75]周仲姬在诗中追念了蔡玉卿一生的凛然之举，描画出晚年蔡玉卿孤苦而又坚贞刚毅的形象。

梅妃和蔡玉卿都是上层社会的女性，虽为女性，她们身上其实折射着更多的士人的道德理想。特别是蔡玉卿，助成丈夫黄道周履道征圣，二人一外一内完成了儒家对士人的道德期待。黄道周成为晚明的大儒，其忠于大明王朝的凛然正气，甚至感动乾隆皇帝，乾隆改明隆武帝赐谥号"忠烈"为"忠端"，道光四年，黄道周从祀孔庙。作为异姓王朝的忠臣，在清朝受到如此高的推崇，其妻蔡玉卿自然也是闽地女性的道德典范，其作为典范的辐射力自然较一般女性要更高。但对于一般女性而言，难以如蔡玉卿这样和丈夫一同介入到时代的政治大潮中。更多的是坚守儒家伦理对女性的道德规训，相夫教子，在家庭内部完成道德人格的修炼。特别是那些夫死守节的女性，面对各种压力，完成抚养了嗣的艰巨任务，独立支撑一个破碎大家庭，在日常性上彰显女性道德的典范。

明末清初闽地节烈妇的代表是进士张利民的母亲陈氏。陈氏事迹多有记载，郑方坤在《全闽诗话》中就有对陈氏的记录：

> 张利民母陈氏，雅耽书史，能为五七言歌诗。年二十四夫卒，抚孤守节，作诗自励，且以诫子曰："不亚和熊母，能为断鼻人"。又《闻雷》诗曰："空中霹雳闻天语，夫在山头知不知。幼子未能传故事，王哀抱冢亦人儿。"年三十三以哀毁卒。后利民既成进士，自疏其节于朝，怀宗诏旌焉。[76]

《福建通志》的记载基本和《全闽诗话》相同，略早于《闽川闺秀诗话》的《兰修庵消寒录》也有记录：

75 （清）周仲姬：《题家藏蔡夫人玉卿墨迹后仍用其韵》，《二如居诗集》，清乾隆五年刻本，22a-22b，福建图书馆藏。

76 （清）郑方坤：《全闽诗话》卷10，见《续修四库全书》第1702册，第348页。

> 古来正人君子其得于母教者，孟母之断机，范母之和丸，欧阳
> 母之画荻，固煜耀史也矣。明季张能因利民进士父早殁，弥留之际，
> 指利民谓其母陈氏曰："必教是儿，使我不死。"母领之，每教利民，
> 必欷歔雨泣，徐以父所读经书史鉴，诸大家文字为之讲解，指其大
> 意所在，及古来忠孝节义诸轶事，提而策之，利民得以有成者，皆
> 其母有以教之也。……[77]

可以看到陈氏事迹在闽地广为流传，从《全闽诗话》到《消寒录》其事迹的记载越来越详细，陈氏忠于丈夫的遗训，严苛教子，终使儿子考中进士，且成为一代名臣。最后陈氏的形象被比之于孟母，可见其在闽地的巨大影响力。

除了具有道德人格的感召力的女性外，有的女性具有的名士风范，也是一种独到的人格魅力。因此，把名士风范和妇德融合在一起的女性，其社会影响力非常广，也被作为典范深为人们欣赏。这方面的典范是许琛，她被梁章钜最为推崇，"乾隆间吾乡闺媛之能诗者，无过素心老人。"也被其后的闺秀诗人所怀念："深闺阅卷始知因，琴管吟余又写真。梅竹图成传节孝，千秋巾帼一完人""柏舟节苦更心贞，行孝何殊赵氏名。诗画流芳千载后，世间齐仰女中英。"[78]许琛的诗歌潇洒通脱与深沉悲凉兼备，诗歌艺术质量高且具独具特色。其独特之处在于她们深植在妇德的严苛限制中，同时又有飘逸之风，这是中国伦理文化和诗歌艺术相互结合的奇特之处。

从梅妃到许琛，可以看出闽地女性的气质，坚毅果敢，勇于任事，既才情流溢，又恪守道德规训，表现出鲜明的性格特点。以《闽川闺秀诗话》为核心的闺秀诗文编撰，正是遵循闽地女性这一谱系传承特征而收集编纂的，集中所收录的女性严守儒家妇德规训，但也不掩饰才情和个性，作为有社会影响力的闺秀，正是在德性和才情的完整统一中成为社会的典范。

某一地闺秀诗歌的传承，除了那些被作为典范的女性所产生的辐射性影响与传承外，更多的则是家族内部的承绪。在宗法社会中，女性活动范围有限，她们无论在社会阅历还是师承方面，都受较多的限制，因此家族内部诗学的传承就是她们创作的重要来源。比如在梁章钜家族中逐渐成长为著名闺秀诗人的梁蓉函就是一个典型例子："蓉函九妹，为九山公次女，适侯官副贡生许濂。

77 （清）王道征：《兰修庵消寒录》，清道光十八年刊本。
78 （清）卢蕴真：《读许素心夫人疏影楼题词》，《紫霞轩诗钞》，见《北京师范大学图书馆藏稀见清人别集丛刊》，广西师范大学出版社，2007年版，第449-450页。

九山公三女皆能诗,而蓉函为之冠。工绘事,善鼓琴,于诗用力尤专。随宦京师时,每陪诸昆季作八韵试律,杂之馆阁名篇中,几莫能辨。间作小文小赋,亦深得骚雅之遗。尝随妹婿许莲叔明经重游辽沈,依莲叔之从父画山邑侯署中。画山本诗坛老宿,蓉函从莲叔后得其指授,又获山川之助,故所作益工。吾乡女士当首推之。著有《静安吟草》,索余序言。余谓:'蓉函精进未已,愈唱愈高,似宜假以时日,俟其大成,再当操铅椠相从,此时正不必汲汲也'。"[79]可见梁蓉函之所以能在诗歌创作上精进不已,就是得益于她在家族内部的诗学传承,随诸昆季作诗,又随婿广为游历,且在游历中又得到许多诗坛老宿指点。而梁蓉函所取得的诗学成就,又经她传递给其夫的侧室、以及她的儿媳妇,并且也使她们达到较高的水平。"林炊琼,字梁香,许濂侧室。初入门不甚通文理,余妹蓉函力课督之,遂渐知诗"[80],"玉钗,侯官人,教谕景新女,适诸生许文璧,余妹蓉函之子妇也。蓉函教之诗甚勤。初入门,即课其读四子书及毛诗,年余尽通其义。"[81]正是在这样的传承中,梁氏家族的女性多有写诗善文的能力。

由于宗法社会男女之间的交往隔阂,同龄女性之间有着更密切的沟通和交流,这样就形成了闺秀群体,特别是姊妹诗人和节妇群体。这在《闽川闺秀诗话》中也多有体现。前者姐妹诗人有:徐淑英、徐德英;黄幼繁、黄幼藻;余珍玕、余尊玉;黄淑宛、黄淑畹;郑方坤九女:郑镜蓉、郑云荫、郑青蘋,郑金銮、郑咏谢、郑玉贺、郑风调、郑冰纨等;梁章钜姊妹辈的梁符瑞、梁韵书、梁秀芸;梁章钜女儿:梁兰省、梁兰台;梁章钜四兄梁泽卿的女儿:梁赋茗、梁兰芬、梁金英;梁韵书女儿:许还珠、许季兰;杨渼皋姊妹。另外,《闽川闺秀诗话续编》中有卢蕴真、卢蕴玉姐妹;朱召南、朱韶香姐妹。在她们所创作的诗歌中,也有姐妹之间彼此互赠的诗歌,多表现了彼此之间的深情厚谊,如徐德英《秋日忆姊诗》:

> 日夕郡楼上,望远意悠悠。四顾何萧清,不觉万物秋。嚾嚾云
> 中鸟,翩翩呼其俦。郁郁庭前柯,凌霜枝相樛。因之同怀气,凭轩
> 独夷犹。夷犹何所见,恻恻使心伤。推窗晞众星,渺渺夜何长。感
> 时起百忧,怅然怀故乡。况复高秋夕,两地遥相望。相望隔天末,

---

79 (清)梁章钜:《闽川闺秀诗话》卷 3,见《续修四库全书》第 1705 册,第 644-
645 页。
80 (清)梁章钜:《闽川闺秀诗话》卷 4,见《续修四库全书》第 1705 册,第 658 页。
81 (清)梁章钜:《闽川闺秀诗话》卷 4,见《续修四库全书》第 1705 册,第 658 页。

执手在何年。生平怀壮志，怀古期前贤。虽在闺阁中，举笔心无边。棣花不复觊，此意与谁传。愿为双鹡鸰，寥廓同联翩。[82]

诗歌表达了姐妹间不但情深难舍，而且有共同的诗学旨趣与人生期待。

另外，杨渼好有《寄怀婉蕙四妹诗》：

梧桐叶落井干空，万里迢迢一纸通。最忆去年今夜月，倚楼联袂话榕风。紫塞车箱白下船，故乡差喜息劳肩。同归何事旋分手，望断漓江夕照边。

梁章钜评之"可以想其友爱之情矣"[83]。

周仲姬的《寄堂妹润玉》同样表达了姊妹友爱之情：

其一

少小妆台兄弟心，绿窗清夜理瑶琴。碧梧漏下秋霜影，犹是当年旧月痕。

此诗以情景表达追忆，情感深沉。

其三

回廊曲槛夕阳移，女伴相寻偶坐时。未到暮年半凋落，惟予与子鬓添丝。

此诗则以白描手法表现互怜互惜之情。

其四

疏星耿耿夜沉沉，遥想纱窗尚苦吟。独有一轮天上镜，多应照出两人心。[84]

此诗通过用典，寄托深沉思念。

这些诗歌不仅是她们之间沟通的方式，也契合了儒家的棠棣之义，因此，在梁章钜收录范围也是在情理之中的。

她们彼此视为知己，借诗歌来寄寓人生感慨，特别是在宗法社会女性受压抑的环境中，这样的交往和情感交流是她们重要的精神寄托之一。如许琛："吹箫台畔怅三生，此恨同君哭一声。每记小青诗一句，卿须怜我我怜卿"[85]；"年

82　（清）梁章钜：《闽川闺秀诗话》卷1，见《续修四库全书》第1705册，第625页。

83　（清）梁章钜：《闽川闺秀诗话》卷1，见《续修四库全书》第1705册，第660页。

84　（清）周仲姬：《寄堂妹润玉》，《二如居诗集》，清乾隆五年刻本，20b，福建省图书馆藏。

85　（清）许琛：《感怀忆庄九畹》，《疏影楼稿》，清道光十四年刻本，6b页，福建省图书馆藏。

来无梦到尘氛，只有情牵向卧云。杨柳风微春试茗，梧桐月冷夜论文。莫言回首东西别，且喜连床上下分。拥卷每嗟知己少，半生深慰得逢君。"[86]可以看到，她们在品诗论文中所获得的精神慰藉十分重要。

  闺秀群体之间的诗学传承与交流作为高层次的精神创造活动，不但给予她们深厚的精神慰藉，同时也让她们获得了人际交往的满足感。在著名闺秀诗人许琛周围，就聚集了许多闺秀诗人，她们或吟诗作画，或赏花饮酒，或彼此陪伴，深夜雅谈："昨朝抱病探梅花，诗思茶香未肯赊。为爱罗浮清梦好，共君纸帐看横斜。"[87]"宵深灯炧满帘霜，共道愁城胜睡乡。薄由来随冷暖，炎凉多半认沧桑。烧残银烛三更梦，炷烬金炉一瓣香。何事追维新旧恨，伴他明月下回廊。"[88]她们共同衡文论诗，互相赏契："自从分手后，到处不相宜。尔我同多病，何堪远别离。强笑聊开口，关心又蹙眉。欲离烦恼念，应是省相思。宁不思乡井，身归心未归。几回残梦觉，犹认古人依。君爱吾才好，君才十倍高，一言能醉我，几度饮醇醪。执笔诗千首，清谈酒一尊。相邀□来往，不许掩柴门。我到君庄上，君到疏影楼。牵衣频怅怅，已去更回头。尚离无多地，相依不等闲。况兹千里路，重叠隔河山。偶尔萍踪合，东床称我心。怜余有快婿，摩顶解能吟。两地遥相忆，两心各相知。欲书书不尽，填语碎如<u>丝</u>。别后何为慰，平安一纸书。从今无别嘱，珍重觅鳞鱼。"[89]可以看出这些女性对彼此之间友谊的珍视。大多数女性境遇相近，最能够彼此了解，如许琛得知友人亦丧夫之后，所作一组诗歌很能表现出对友人的同情，"羡尔庄梁案，相随年逐年。鸣春临月下，选句坐花前"，"不道有今日，何期失所天。从兹哀怨调，二十五条弦"，"似我悲殊命，因君倍怆神。可怜四行泪，同是未亡人"，"也知归去好，唯恐报书稀。从此层楼上，朝朝望雁飞"，"归棹良非易，长途只独行。应知形影吊，多少断肠声"，"世态如云幻，人生若梦纷。怜人聊自慰，何地不思君"，"春去花无态，愁来月倍明。时光相次改，惆怅两今生"[90]。

---

86 （清）许琛：《酬胡卧云姊见赠元韵》，《疏影楼稿》，清道光十四年刻本，8b 页，福建省图书馆藏。

87 （清）许琛：《看梅夜分留纫佩姨母宿疏影楼口占》，《疏影楼稿》，清道光十四年刻本，25b 页，福建省图书馆藏。

88 （清）许琛：《与采斋卧云夜话》，《疏影楼稿》，清道光十四年刻本，11b-12a 页，福建省图书馆藏。

89 （清）许琛：《怀卧云六姊》，《疏影楼稿》，清道光十四年刻本，福建省图书馆藏。

90 （清）许琛：《得采斋信怆然书寄》，《疏影楼稿》，清道光十四年刻本，13a 页，福建省图书馆藏。

此外，福建名士郑方坤的女儿郑咏谢同样遭遇丧夫，在与身份相似的许琛相互交往中，并不一味相对感伤，而是交流学识和诗艺，在这个过程中，将友谊升华："昔曾闻绪论，今始畅离情。……年随学问长，节比雪霜清。不寐思亲炙，摊书共短檠。敢言不栉士，同是未亡人。贫病怜相似，疏慵觉倍亲。伤心数共乳（原注：玉台，殿仙诸姐风调），终日锁双鬟。何幸随君侧，能飞几斛尘"[91]，"忆从东鲁乍旋闽，几亩田园尚未贫。今日耕耘事笔砚，得逢知己亦前因""袜线曾无一寸长，主人珍重志难忘。谈心深处三更鼓，银烛高烧照画堂""清和馥郁艳阳天，诗社文坛正结缘。惭谢挥毫女博士，病躯只合下床眠""画笔诗篇本性成，洛阳纸价重连城。要知点缀云烟处，尽是深心化导情""笄珈嗜学古称难，况复谦冲德性宽。我辈裙钗难阅历，私心未敢等闲看"[92]。

可以说，闽地女性从梅妃开始，形成了独具特色的诗学传承谱系，到了清代更是形成了以家族为中心的闺秀群体，通过婚姻、交游等形式，女性之间的诗学传承更为普遍和深入，这也是清代闽地闺秀诗歌能大放异彩的重要原因。

二、闺秀诗人书写传统的创新——以闺怨诗为考察点

对于女性的诗歌创作，如何逐渐突破共享的诗歌传统，在融入自身体验的过程中形成富有个性的表达，是不少闺秀诗人进行的思考。一般来说，性别经验所产生的审美感受必然要反映到诗歌中去，不同诗人有着个性化的创造性转化。

在闺秀诗歌创作中，容易出现这样一个问题，即对闺秀诗人而言，会处在一种诗歌性别风格选择的尴尬中。之所以这么说，是因为女性的男性化写作和脂粉气是性别风格的两个向度。女性创作男性化风格的诗歌尽管往往被批评者所赞许，但如果一味写男性化诗歌，由于气质、阅历的不同，写来常常会隔膜。因此，有的女诗人则选择自身性别特色和生活体验更切近的内容去书写，即表达的情感、表达的方式等是具有女性特色的。《闽川闺秀诗话》中收录了较多的此类富有女性特色的诗歌，并加以评点，这类诗歌为女性书写真实体验提供了参照，同时也为更深入地抒写女性体验提供了理论基石。由于女性生活

91　（清）郑咏谢：《喜晤素心姊》，《簪花轩诗抄》，清拾穗山房抄本，福建省图书馆藏。

92　（清）郑咏谢：《和素心姊感怀原韵五首》，《簪花轩诗抄》，清拾穗山房抄本，福建省图书馆藏。

的表达所惯有的特色，"脂粉气"又成为了女性诗歌所常有的积习，也成为了女性诗歌批评中否定性的话语。因此，女性诗歌如何真正的走出自己的特色，同时具有较高的艺术水准，需要不断的思考和探索。

应该说闺阁诗是基于女性体验的诗歌，而女性体验来自于女性的生活阅历和审美体验。从比较显性的方面可以划定为取材自闺阁、庭院的作品，此外，还有一部分山水诗歌是随男性亲属出游而作，一般称之为游历诗。在这部分诗歌中，女性体现了怎样的情感以及有着怎样更为独到的艺术体验和创作特色呢？在以往较为激进的女性主义理论影响下的文学研究，更强调女性对于自身角色和性别的否定，而转向对于男性社会角色的企羡，如"愿天速变作男儿"（黄崇嘏《辞蜀相妻女》）、"举头空羡榜中名"（鱼玄机《游崇镇观南楼睹新及第题名处》）。但实际上，在宗法社会中女性，也自有天地。她们安于自身的社会角色，强调自身传统，享有内闱的自主权，她们并不停留在传统闺怨诗的情感格套中，而是有着丰富独到的审美经验。她们享受闺阁的情调，对自然风物的表达也别具慧心，她们也享受家庭的人伦之乐，她们的诗歌中有对男性写作经验的借鉴，也有对女性诗歌史独有艺术传统的继承，并且在诗歌创作中注入了不少新意。

女性的闺阁写作经历了一个从共享闺阁诗传统到逐渐融入自身女性化体验的过程。《闽川闺秀诗话》中也有一些基本上还在传统闺怨风格中的诗歌，包括一些比较模式化的情感表达和物象的使用。如俞若耶的三首闺怨诗："玉楼人去几时还，夜夜寒砧不放闲。最是乌啼天欲曙，一声残月满关山"（《捣衣诗》）"残夜漫漫月一钩，独欹孤枕作离愁。几回梦醒思抛却，错绣鸳鸯在两头。（《欹枕》）""朝朝睡起不胜春，强倚阑干托此身。暗数落花浑是恨，容华消损为何人。"（《睡起》）[93]其中，不论是辞藻还是诗歌意境，基本上还是没有超出唐人闺怨诗的范围，如寒砧、乌啼、孤枕、凭栏等典型意象，此类作品唯以个别句子所表现出来的趣味以及巧妙的构思来取胜，如"一声残月满关山"，"错绣鸳鸯在两头"。

有的闺怨诗虽借助闺怨传统的措辞和情境，但却与现实的体验形成了巧妙错位，从而在闺怨的外形下，传达出更为丰富细腻的日常生活体验。如姜氏（何秀岩室）："拂镜知颜瘦，厌将脂粉华。双鬟强解事，每日进鲜花。"（《拂

93　（清）梁章钜：《闽川闺秀诗话》卷1，见《续修四库全书》第1705册，第625页。

镜》）[94]这首诗也是延续着传统闺怨诗的写作传统，不过还是蕴藉有致，前二句写自己朱颜消瘦，厌倦妆扮，依然是传统闺怨的措辞与情境，但后二句写丫鬟进奉鲜花，诗意体现在内心情绪和现实情境的落差间，将怨意更加渲染出来。再如"明媚晴光好，春风独上楼。何因娇少妇，柳色忽牵愁。"（《登楼》）[95]此首也很明显是化用王昌龄的闺怨，然而语感细腻动人。

有的闺怨诗出之以朴实直白的语言，如林瑛佩的《秋夜寄夫诗》云："独立秋风前，细诉秋风知。一片离别情，尽倩秋风吹。吹与三山客，孤窗梦醒时。"[96]，这首诗歌写闺阁而自出口吻，诗歌纯是出于内心真情，不加雕饰，自然而然。

有的闺怨诗则通过点铁成金式的化用与反用，别出新意，如姜氏《晓起》云："漏尽春眠足，惊闻鸟雀喧。兰闺争早起，记取弋凫言。"这是典型的闺阁诗，不过是反其意用之，将闺阁诗歌不同语境加以结合产生诗歌趣味，前二句是反用闺阁诗歌女性娇慵懒起，以及鸟鸣惊起春梦，后二句化用《诗经·女曰鸡鸣》表达女子勤劳早起之意，通过二者对比产生诗趣。

再如《理鬓》："理鬓添膏沐，簪花贴浅红。儿夫游不远，无事叹飞蓬。"[97]此诗颇有趣味，写丈夫离家后女子情态，传统闺怨诗是"自伯之东，首如飞蓬"，写因相思之苦无心梳洗，而这里丈夫出行不远，因此相思之苦不甚浓厚，女主人公不减梳洗打扮、簪花帖红的热情，可见是性格诙谐，热爱生活之人。

有的则化传统宫体诗的绮艳为清新明快。如许琛早年的诗歌："跏趺独坐读书床，绣线闲抽古锦囊。檀口送来微带湿，朱唇轻露尚含香。依稀杏蕊莺衔去，仿佛樱桃燕啄忙。凝思有时咀未吐，淡脂不必再添妆"[98]，唾红在男子笔下往往具有香艳意味，而这里写来欢悦灵动，别具闺阁女性自身之柔媚。另外，林琼的"木兰舟上共徜徉，一曲新歌韵短长。撑到荷花深处去，戏将莲子打鸳鸯"[99]，诗写莲子打鸳鸯，出语新奇，将女子欢快诙谐的心情逼真表现出来。

---

94 （清）梁章钜：《闽川闺秀诗话》卷1，见《续修四库全书》第1705册，第639页。
95 （清）梁章钜：《闽川闺秀诗话》卷1，见《续修四库全书》第1705册，第639页。
96 （清）梁章钜：《闽川闺秀诗话》卷1，见《续修四库全书》第1705册，第626页。
97 （清）梁章钜：《闽川闺秀诗话》卷2，见《续修四库全书》第1705册，第639页。
98 （清）许琛：《唾红为季珊三妹作》，《疏影楼稿》，道光十四年刻本，3a，福建省图书馆藏。
99 （清）林琼：《采莲曲》，《自芳偶存》，嘉庆十九年刻本，1b-2a，福建省图书馆藏。

图五：《自芳集》书影

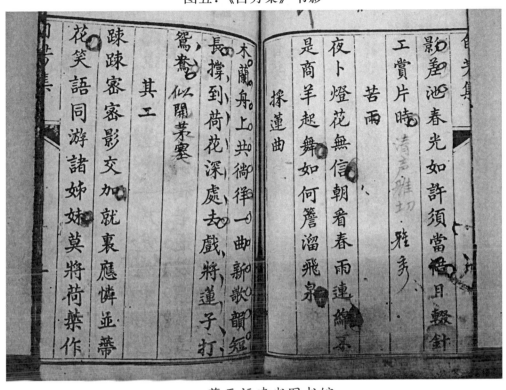

藏于福建省图书馆

何玉瑛的"熏风阵阵月初更，池畔蛙声阁阁鸣。闲倚阑干无个事，荷囊制就贮流萤"[100]，也是末句出新，荷囊贮流萤，既表达了清夜的静谧，也体现出女子的巧思与细腻。此外还有表现闺中伴侣吟诗乐趣的，如刘蔷林《与玉田表姊夜话》：

> 喜得吟肩并，闺中冷趣生。雨声深院静，烛影小窗明。品绣功
> 偏拙，论诗语独清。夜阑浑不觉，邻舍忽鸡鸣。[101]

　　清冷的闺阁中，两位喜爱诗歌的女子整夜畅谈，聊诗聊到会心处，居然忘记了时间，鸡鸣天亮才知深夜已过。

　　有的闺阁诗以用笔细腻精巧见长，是比较典型的闺阁之作。如吴荔娘的《春日偶成》：

100　（清）何玉瑛：《纳凉》，《疏影轩遗草》卷下，清嘉庆十七年刻本，46b 页，福建省图书馆藏。
101　（清）梁章钜：《闽川闺秀诗话》卷 4，见《续修四库全书》第 1705 册，第 659 页。

瞳昽晓日映窗疏，荏苒光阴一枕余。深巷卖花新雨后，沿门插柳嫩寒初。莺儿有语迁乔木，燕子多情觅旧庐。那用踏青郊外去，芊芊草色满阶除。[102]

许德馨《新燕》：

飞来不识旧帘栊，玉剪初开试晚风。正是营巢春社后，梨花庭院雨濛濛。[103]

黄淑畹的《春阴》：

朱户半扃人语碎，粉廊回合鸟声多。

《残月》：

坐久不知更漏尽，满天凉露湿轻纱。[104]

这类作品多用笔细腻，情思绵密。

一部分闺怨诗表现具有女性文化传统的七夕节日场景，或表现七夕的富有女性特色的民俗活动，或表现在七夕节寄寓女性独有的儿女情思。

如郑咏榭《七夕》：

明星耿耿月当天，夜静钗裙小队联。好把罗衣收玉匣，更将香粉散琼筵。汉家宫殿青鸾集，牛堵河桥乌鹊填。七孔宝针穿巧过，笑看蟢子网双缠。[105]

此诗表现了七夕热闹的场景，特别是在七夕中女性的活动。

再如郑咏榭《七夕限韵》：

桐叶萧萧落水浮，金风如剪月如钩。孤灯一盏半明灭，声声蟋蟀来高楼。今夕何夕云七夕，片时欢会经年愁。乌鹊填桥为作合，佳话千古今传流。

倚栏极目对夜景，宿鸟未稳鸣啾啾。曾忆唐贤有名句，物换星移几度秋。一年一度此乞巧，觇彼织女望牵牛。时光荏苒若流箭，夜游东烛传更筹。[106]

102 （清）梁章钜：《闽川闺秀诗话》卷1，见《续修四库全书》第1705册，第632页。

103 （清）梁章钜：《闽川闺秀诗话》卷4，见《续修四库全书》第1705册，第639页。

104 （清）梁章钜：《闽川闺秀诗话》卷4，见《续修四库全书》第1705册，第632页。

105 （清）郑咏谢：《簪花轩诗钞》，清拾穗山房抄本，福建省图书馆藏。

106 （清）郑咏谢：《簪花轩诗钞》，清拾穗山房抄本，福建省图书馆藏。

在牛郎织女的传说中寄寓深沉的感慨，片时欢会过后就是经年的忧愁，而物换星移，在倚栏遥看星河中细味前贤名句，并且发出时光流逝的生命之叹。

再如许琛的七夕诗，因人因时，在不同情境下传达出女性细腻的心绪：

银汉无声露暗流，天孙又度一年秋。相逢莫撒临歧泪，多少人间永别愁。[107]

何事闺中独好奇，泥谁写出望仙词。除教天上无愁思，故惜人间有别离。

银汉影微邀鹊渡，瓷瓶香细结蛛丝。巧心都集离心里，多在含情乞巧时。（原注：时合珍表妹夫为芝山山长远出）[108]

年年佳节话相思，今夕应添祝嘏词。为语针楼休乞巧，金梭要织送行诗。[109]

诗歌或叹离别之苦，或纵观人世的悲欢离合，或借七夕而表达对相逢的喜悦与珍视。

另外，林瑱的《七夕》："仙家似亦为情痴，岁渡河桥每应期。银汉沉沉云作幔，金风剪剪月侵楣。三更方叙重逢喜，五夜还添惜别悲。自古良缘难久驻，惹人意绪乱如丝。"[110]名为写仙侣之事，实则是对人间境遇的沉思。通过七夕这个特定的节日，女性将复杂的闺阁之思做了丰富的表达。

三、闺秀诗人的湖山书写

湖山和雅室，其实是从闺外与闺内两个向度展开对闺秀生活的描写。

湖山给了闺秀们更多的闺外的视野，以及更开阔的胸怀，而雅室则是内在性的拓展，她们可以从事与文士几乎同等的文化活动。经史拓展文化视野，而诗词书画培养更为精微的艺术感受，以及更为高雅的情怀与趣味。

山水诗是传统诗歌史的重要部分。湖山在传统男性士人话语系统中寄寓

---

107 （清）许琛：《七夕》，《疏影楼稿》，清道光十四年刻本，9a 页，福建省图书馆藏。

108 （清）许琛：《游合珍表妹索咏七夕诗聊以应之》，《疏影楼稿》，清道光十四年刻本，17b 页，福建省图书馆藏。

109 （清）许琛：《挽鹿二妹于七夕寿辰（时予初度）》，《疏影楼稿》，清道光十四年刻本，36b-37a 页，福建省图书馆藏。

110 （清）林瑱：《七夕》，《自芳偶存》，清嘉庆十九年刻本，10a-10b 页，福建省图书馆藏。

理想人格的所在，所谓"仁者乐山，智者乐水"[111]，登山临水既是人顺境时候的情怀抒发，也是政治受挫后的心灵寄托。由于士人之用世情怀，山水寄托的政治文化意味较多。男性本身的游历带有着各种社会性因素，包括游学、游幕中的世事况味，贬谪辗转中的痛苦和心酸等。而女性尽管也有对于山水的欣赏和山水诗的创作，但是对于男性士人的山水体验从根本上讲还是隔膜的。如梁章钜偶然赋诗表达归隐之志："'爱与家人说招隐，几回指点鹿门山。'夫人悚然曰：'君固淡于荣进者，然衔命之初，即萌退休之志，如报称何？'余改容谢之。……夫人有《到家杂诗》云：'侍宦何知昼锦殊，寒闺那解梦莼鲈'。"[112]梁夫人知道对于有国家社会责任的男性士大夫不能轻言归隐湖山，但也难以体会男性莼鲈之思的复杂内心。这是两性基于文化传统和现实经验所导致的在社会经验上的隔膜。

相对于男性将湖山作为自己政治人生的补充，女性一般能更为纯粹地欣赏湖山之美。一般来讲，女性的生活范围大多局限于家庭之中，而有山水壮游多是由于女性随宦于父亲或者丈夫，这些难得的游历开阔了她们的视野，给她们带来兴奋与好奇，多表现出对于湖山纯粹的热爱，且颇多灵性之笔。如梁章钜的夫人的杭州西湖诗，就是随梁章钜宦游时得之。"夫人居家时最艳谈杭州西湖之胜，及随宦往来两次，皆得畅游。至欲以画图纪之，而匆匆不暇。及今其遗集中前后游皆有诗，凡我儿女从游者，所当为之补图也。"[113]这是对于闺中女性来讲是难得的出游，所以梁章钜特意强调随行的儿女要以图画补记这两次游历。而梁夫人的诗，真切地表现出见到渴慕已久的西湖时的兴奋："《甲戌初春，随夫子挈儿女泛舟西湖诗》云：'寰中三十几西湖（少时闻先严苏年公言：各直省郡县以西湖名者凡三十余处），耳熟钱塘景特殊。今日清波门外路，好风先引到蓬壶。''六桥烟水拍空浮，夫子重游我乍游。好景纷来亲指点，如斯清福几生修。'……《壬辰仲夏，重游西湖示儿女诗》云：'赏心乐事首重回，西子湖边又溯洄。堪笑牵衣儿女辈，黎明便集笋将来。''朝暾看到夕阳红，山色湖光平远中。猛忆坡公诗句好，莫

---

111 （魏）何晏等集解、（宋）邢昺疏《论语注疏》，（清）阮元校刻：《十三经注疏》，第 5384 页。

112 （清）梁章钜：《闽川闺秀诗话》卷 3，见《续修四库全书》第 1705 册，第 643页。

113 （清）梁章钜：《闽川闺秀诗话》卷 3，见《续修四库全书》第 1705 册，第 643页。

将有限趁无穷。'"[114]

再如梁蓉函随仕宦的父亲在辽沈漫游,有《重出山海关》一诗,其诗后半部这样记写当时漫游的感受:

> 忆昔随亲作壮游,旌旄过此无遮留。饱看塞外苍茫景,那解人间羁旅愁。山光海色供吟笔,谢庭清暇诗无敌。今日鸿泥换旧痕,山川觌面犹相识。填篾迢递千山隔,棣华赋罢情何极。故乡更在天一方,夜夜梦魂归不得。樊笼铩羽难奋飞,愧作当年丁令威(原注:《丙寅游沈》诗有"他年丁令化鹤来"句,竟为此日重游之兆)。却羡度关数行雁,往来只趁高风便。

梁章钜盛赞此诗,认为"笔力夭矫如游龙,是为称题杰构,《玉台》中讵易有此"。而梁蓉函能有此佳作,梁章钜认为是得"山川之助"[115]。

受社会制约,女性活动范围有限,这使得她们难以如男性一样壮游以饱览山水之胜。但她们也能在有限的湖光山色中体会更为纯粹的审美感受,她们笔下的湖光山色不会寄寓太多的政治和文化意义,更多突显出她们细微的审美感受,故而女性笔下的湖山风光充满女性特有的灵动气息。

(一)灵动

女性的心灵更为纯粹,更注重自然本身的美感,与自然相遇,更见其与人自然相通的灵动才思。如陆眷西的《忆西湖》:

> 曾记西湖六月天,藕花如锦断桥边。至今梦里犹来往,听惯钱塘唤小船。[116]

此诗可以看出诗人对西湖景色的一往情深,虽人已不在西湖,但心绪仍在西湖流连。

再如吴丝的《过莺脰湖》:

> 风光淡淡晚凉天,遥望渔家夕照边。傍岸绿阴藏钓艇,一竿秋水半湖烟。[117]

---

114 (清)梁章钜:《闽川闺秀诗话》卷3,见《续修四库全书》第1705册,第643-644页。

115 (清)梁章钜:《闽川闺秀诗话》卷3,见《续修四库全书》第1705册,第645页。

116 (清)梁章钜:《闽川闺秀诗话》卷1,见《续修四库全书》第1705册,第624页。

117 (清)梁章钜:《闽川闺秀诗话》卷1,见《续修四库全书》第1705册,第625页。

此诗也是清新可喜，无一丝尘世的污浊。

再如林文贞的《暮春济宁道上得句》：

> 老树深深俯碧泉，隔林依约起炊烟。再添一个黄鹂语，便是江南二月天。[118]

此诗表现出诗人偶然与道中风景产生心灵交汇时的欣喜。

王琼瑛笔下的山川风光更是融合女性的细腻与天地自然的开阔：

> 《宜昌开船》云："风水吐吞帆力饱，烟波绵缈橹声柔。"

> 《过黄州》云："草意绿随双岸活，黛痕青抹数峰低。"

> 《金陵夜泊》云："杨柳晚烟沽酒客，桃花春雨钓鱼船。"[119]

这些诗作深得梁章钜称赞，认为其诗"皆蕴藉宜人，不屑为粗豪语。"

（二）婉秀

女性往往较之男性心思更加细密，心灵和情感体验也更加丰富。因此，女性诗歌从整体上来讲，婉秀多于豪放，像梁蓉函这样能写出开阔壮丽景象和豪逸气度的闺秀诗人还是比较少，大多数是以观察细腻，表达婉转取胜。

我们可以聚焦到这样一个话题，在传统山水诗中，往往会有渔翁这样一个人格形象，以表现山水中人的清高和出世，标示出诗人的孤傲人格，寄寓着诗人对现实的批判，诸如柳宗元的《江雪》。同样的情景，女性写来则更见自我情感的体验，以及对自我形象的欣赏。与士人诗中的渔翁相对照，女性山水诗中则有渔妇这样一种形象，其婉秀的姿容与其说是对现实的观照，还不如说女性临水照花般的自赏。如周仲姬笔下的渔妇：

> 其一

> 晓烟初揭钓矶滨，潋滟寒光见玉人。闲卷绿云分只影，恰宜碧水净飞尘。澄波已胜菱花洁，落月宛为眉黛新。嗔却鱼儿惊浪起，容华撩乱又难真。[120]

> 其二

---

118 （清）梁章钜：《闽川闺秀诗话》卷 1，见《续修四库全书》第 1705 册，第 625 页。

119 （清）梁章钜：《闽川闺秀诗话》卷 1，见《续修四库全书》第 1705 册，第 657 页。

120 （清）周仲姬：《赋得渔妇晓妆波作镜有传澄父母汪公作和其韵》（其一），《二如居诗集》，清乾隆五年刻本，13a 页，福建省图书馆藏。

互唱渔歌芦荻滨,晓风不至待妆人。顾怜瘦影应临水,欲对清
光未拂尘。彷佛惊看珠翠坠,轻盈露出指尖新。乐昌滴泪知多少,
何似晴川处处真。[121]

诗歌所写的山水中女子,相比闺阁中的女子形象,少些许脂粉气,更多了
一种清新灵动之气。

另外,山水本身就是女性的自我观照:

空明一片积江滨,映出凌晨妆里人。倩画远山偏有态,分形秋
水绝无尘。落花点髻风情逸,秀色沉鱼气宇新。最爱眼波传不尽,
挽他把笔自图真。[122]

澄波照影,新月如眉,落花点缀,女子的天予神韵在诗中尽显。

(三)清峭

一般认为女性诗歌是偏于柔弱的,但在实际的女性创作中,女性也是试图
通过学习,改变柔弱的诗风,一些诗人的作品,不乏清峻的刚健之风。如苏世
璋学六朝诗,有《拟陆士衡园葵》:

霖潦过庭除,园葵自荣滋。黄衣垂鲜泽,元景扬清辉。丹心永
不淬,托质亦葳蕤。凛凛天气清,落落卉木稀。何如长向日,淡淡
依湘帷。称彼后凋质,讵乐争芳菲。[123]

诗歌格调高峻,气象不凡。诗可见人,苏世璋的山水诗创作中,也能表现
出清峻刚健之气。如《过富春渚》:

解缆富春渚,清晨展游眺。遥山杂云雾,逶迤见奔峭。迢迢千
里帆,缅邈区中妙。埼岸纷参错,赤亭山照耀。浐至殷殷雷,翻浪
闻叫啸。涉险抱中孚,风涛不能剽。宵济渔浦潭,飞泉媚孤峤。芳
林寨落英,野旷沙垠渺。中怀得昭旷,外物何其小。临流发长吟,
雁柱音杳杳。[124]

诗人借山水写出清高的性情,颇有六朝遗响。

---

121 (清)周仲姬:《赋得渔妇晓妆波作镜有传澄父母汪公作和其韵》其二,《二如居
诗集》,清乾隆五年刻本,13a-13b 页,福建省图书馆藏。
122 (清)周仲姬:《赋得渔妇晓妆波作镜有传澄父母汪公作和其韵》其三,《二如居
诗集》,清乾隆五年刻本,13b-14a 页,福建省图书馆藏。
123 (清)苏世璋:《瑞圃诗钞》,见(清)蔡殿齐:《国朝闺阁诗钞》第 3 册卷 10,见
《续修四库全书》第 1626 册,第 505 页。
124 (清)梁章钜《闽川闺秀诗话》卷 1,见《续修四库全书》第 1705 册,第 624 页。

四、闺秀诗人与雅室空间

雅室,亦即书房。文人的书房代表着一种自足的精神空间,在文人话语中,有坐拥书城,虽南面王不易的情怀,代表了一种独立自足且高尚孤傲的精神境界。而闺房雅室化,则标志着女性心灵空间的提升与转化,拥有更大的格局和自足自傲的精神气度。

清代闺秀诗歌中所表现出的闺阁空间,已经淡去了以往闺怨诗中闺阁的浓厚脂粉气,更加类似于雅士书房。在这个空间里,有棋枰茶瓯,笔墨纸砚。闺秀们在其中能够像才士一般,学书、绘画、下棋、吹箫、玩赏古董,有着非常细腻精致的趣味。传统上表现闺阁空间的诗歌,大多细腻温婉有余,但不免琐屑低靡。随着闺秀自身文化修养的提高,显然不满足于困于闺阁中或自恋、或自伤的书写模式,她们更愿意和男性共享相同的文化趣味及文化传统。所以,有关闺阁空间的诗意表达上,文化意味进一步浓厚,且渐有飘逸超脱之气,形成独有审美风貌。这类诗歌表现琴棋书画内容的非常多,如学何玉瑛的《学书》:

> 偶携班管学临池,古榻琳琅满座披。垂露风规谁酷似,簪花笔格恰相宜。残碑蠹蚀熏香剔,曲沼鱼驯喋墨嬉。自笑聪明终误用,休耽文史忽机丝。[125]

诗人的闺阁中,古榻摆满临写的书法作品,案几上是名碑法帖,池鱼戏墨,篆香缭绕,诗人则沉浸在习书的快乐中,虽末句提醒自己不要忘记女子的本分,但这种自嘲式的提醒,恰恰表现了女子在这闺阁所获得的难得的精神乐趣。此外,有的诗歌中还有对于闺秀绘画的写照。值得注意的是,反映在闺秀笔下的绘画题材多为蝶、竹、花卉等,充满了生活情趣和浪漫气息。如张季琬《题画蝶诗》:

> 蓬蓬飞过宋东家,春去何心恋落花。当得滕王新粉本,小窗只当写南华。[126]

可见在小窗静室中,诗人所画蝴蝶栩栩如生。

再如齐祥棣《寄莲如十姊并索和韵》:

> 间将余事作丹青,蛱蝶双双上画屏。学拓滕王新粉本,不劳团

---

125 (清)何玉瑛:《疏影轩遗草》卷下,清嘉庆十七年刻本,38a 页,福建省图书馆藏。

126 (清)梁章钜:《闽川闺秀诗话》卷 1,见《续修四库全书》第 1705 册,第 630 页。

扇扑中庭。（末句后小注：姊工绘事尤善蝴蝶）[127]

同样写所画蝴蝶生气宛然。

吴荔娘《题吴兴女士严静甫墨竹》：

> 我为丹青先比较，此君风韵却输卿。[128]

写竹与人相互比较，可见巧思。

黄淑畹《题画牡丹和韵》：

> 其一
>
> 第一繁华第一花，玉栏杆外绮窗纱。最怜没骨徐熙笔，珍重何人寄赵家。
>
> 其二
>
> 永嘉水际最相宜，今日缘何见一枝。能向生绡留国色，不须惆怅怨别离。[129]

品评画作，表现出诗人高雅的审美情趣，同时在品诗论画中也可看出女性之间的真诚情谊。

另外，闺秀诗歌中还有对于下棋活动的表现，如何玉瑛《与兰畹表姊敲棋》：

> 敲残棋子倚窗前，半卷湘帘欲曙天。遥听鸡声三唱彻，一痕残月尚斜悬。[130]

面对残棋，彻夜难眠，可见二人下棋的浓厚兴致。

另外，何玉瑛《月夜与诸姊索句》：

> 初秋得爽夜眠迟，小饮敲棋复咏诗。月浸窗纱花影碎，一痕河汉五更时。[131]

诗歌写两人推步棋局，复又吟咏，所处环境有月明花影，见出闺秀诗人们富有情趣的生活。

不仅如此，一些闺秀诗人写花的诗歌也带有浓厚的书卷气息。如黄淑畹笔下书房兼闺阁的情趣：

127　（清）齐祥棣：《寄莲如十姊并索和韵》，《玉尺山楼遗稿》（不分卷），中国科学院图书馆藏。

128　（清）梁章钜：《闽川闺秀诗话》卷1，见《续修四库全书》第1705册，第631页。

129　（清）黄淑畹：《绮窗余事》，《黄任集》（外四种），陈名实，黄曦点校，第357页。

130　（清）何玉瑛：《疏影轩遗草》，见肖亚男主编：《清代闺秀集丛刊》第14册，国家图书馆出版社，2014年版，第277页。

131　（清）何玉瑛：《疏影轩遗草》，见肖亚男主编：《清代闺秀集丛刊》第14册，第276页。

笔床茶臼夕阳天，媚紫嫣红浸更鲜。花气炉烟浑不辨，多时懒出药栏前。[132]

花枝供瓶，笔架砚台，书香花香兼备，诗歌表达了一种诗人在自我生活天地中的陶醉感。

另外，"一叶嫣红落砚池，为他珍重短长枝"，"好供维摩居士榻，不烦天女散将来"，"插来研北胜阑东，位置偏饶点缀工"[133]，这些诗句可见看出诗人对花的喜爱与高雅的性情。

许琛《赋得瓶梅落砚香归墨》："胆瓶飞落冰魂瓣，墨渖犹留玉质芳。最是晓妆消受好，春山沾染寿阳香。"[134]

此诗于怜花惜花中见出诗人孤傲而不失风雅的性情。

再如陈于凤《别山中小楼》：

十年坐卧此山楼，明月清风任去留。黄卷能消终日闷，青灯易动古人愁。也曾抚轸调山鸟，几度停梭看女牛。一自饯春人去后，柴门空锁旧林邱。[135]

此诗写抒情主人公山楼闲居，清风明月，抚琴看经，一派隐士之风。

清代流行清玩文化，这在闺阁诗中也有体现，如何玉瑛《咏琴砚》：

片云割出端溪石，一泓秋水涵空碧。良工巧制琢琴形，如方成规圆成璧。携镜溪洞响丁丁，此中本有山水声。玉轸分明七条具，朝朝洗涤听泉鸣。幽窗一曲松风赴，月落停琴此心素。何妨栗里学无弦，砚北长含不鼓趣。摩挲终日乐临池，金石高歌得意时。微风拂壁铿尔响，琴兮砚兮吾不知。"[136]

一方形如古琴的砚台，在诗人的联想中，有山泉和鸣，松风送窗；而临池书画，似有琴声相伴。砚台如通灵之物，将大自然之美完美融合于一身。

从诗话对闺秀诗人及作品的评点和有关闺秀诗人的书写传统来看，首先《闽川闺秀诗话》的选诗准则与梁章钜本人的闺秀诗学旨趣密切相关。梁章钜

---

132 （清）黄淑畹：《瓶花五首，家大人命题》《绮窗余事》，《黄任集》（外四种），陈名实，黄曦点校，第 361 页。

133 （清）黄淑畹：《瓶花五首，家大人命题》《绮窗余事》，《黄任集》（外四种），陈名实，黄曦点校，第 361 页。

134 （清）许琛：《疏影楼稿》，清道光十四年刻本，44b 页，福建省图书馆藏。

135 （清）梁章钜：《闽川闺秀诗话》卷 2，第 219 页。

136 （清）何玉瑛：《疏影轩遗草》卷上，清嘉庆十七年刻本，4a 页，福建省图书馆藏。

的选诗准则，纵向和郑方坤比较，可以看出受时代思潮影响，而且梁章钜更加注重闺秀诗人的身份；横向与同时代的恽珠相比，梁章钜在注重闺秀身份的同时，更加注重闺秀诗人的诗艺创新与精神气度。在以诗见人的评点旨趣中，梁章钜既注重闺秀自身的性别审美特点，也非常看重闺秀在胸襟与气度中所展现的人格魅力。二是如何突破闺秀在写作身份上的困境，无论是借助经学话语，还是在神异想象中突破现实的制约，闺秀必须在才与德的矛盾中找到合适的位置，确立写作的合法性，而在多重话语的间隙中，也见出闺秀诗人的自我观照与社会形象之间的复杂关系；三是在闺秀写作的谱系中，福建闺秀诗人在闺怨写作模式上有所突破，福建闺秀受地域文化影响，相对更为刚健乐观而少柔弱气，而在闺内与闺外的书写上，可以看到闺秀相对丰富的生活世界。

第三章 《闽川闺秀诗话续编》和 《历代闽川闺秀诗话》

　　丁芸的《闽川闺秀诗话续编》和《历代闽川闺秀诗话》是在梁章钜《闽川闺秀诗话》创作流传并产生了较大影响之下而作的，其撰述主旨是对梁作进一步裨补缺失、丰富内容。由于丁芸与梁章钜不同的身份地位、治学方式，使得丁作具有自己不同的编撰方式和撰写特点的特点。

　　丁芸（1859 年-1894 年），字耕邻，一字晴芗，侯官（今福建福州）人，出生于书香门第。作者丁芸父亲为丁桐，进上，官终刑部员外郎。素擅文名。其祖上无闻。其父早逝，由母亲抚养成人，早年受业于表叔谢章铤。光绪十六年（1890 年）举人，选用儒学训导。其热心于乡邦文献，除以上二作外，还辑有《闽文选》《闽中石刻考》《国朝闽画记》。

　　丁芸在功名上不甚得意，但仍然勤奋著述。正如谢章铤《丁耕邻墓志铭》：“耕邻讳芸，有兄曰菁，字莪池。二十举乡试，九上春官不第。甲午报罢归，喉疾，仓猝中死。先一年，耕邻已病目，至是哀伤感愤，病愈剧。然事稍闲，犹是手不释卷，笔不停挥，未尝一日逸也。既而愈悴愈力，汲汲顾影若不及。莪池方卒，哭，而耕邻遽以失血。终同产手足之情，以身殉之。哀哉！莪池专治进士业，耕邻尤有意于古作者，相继溘逝，丁氏之菁华尽矣。盖十一月十六日，年三十有六。”[1]

　　以上可见丁芸的兄长专治进士业，屡遭失败，得喉疾，后去世。在此一年

1　（清）谢章铤：《丁耕邻墓志铭》，丁芸：《闽川闺秀诗话续编》，见王英志主编：《清代闺秀诗话丛刊》第 1 册，第 265 页。

前，丁芸已有眼疾，但仍勤奋著述，但亡兄之痛再加上用力过勤，也导致英年早逝。

丁芸曾作为谢章铤的家庭教师与之交往，"逾年予归，遂招之课孙。丁亥予主致用讲席，耕邻遂从予游。"所以谢章铤对其性情、人品较为了解："与之言，无所忤，反复之，欣然相悦。……。性和而介，意所不可，虽未见辞色，而人不能夺。深藏而固积，载道之器也。"[2]

可见谢章铤对其评价极高。性格上，丁芸是温和但不乏耿介之人，而学问修养上，认为其实"深藏固积"的"载道之器"。

谢章铤在丁芸墓志铭中还有这样的记述："其家高祖、曾祖及群从曾伯叔祖，率有著述，散失销磨，不成卷帙。耕邻穷搜密访，或全篇，或零句，有见必录。予谓之曰：'子之所为，一家文献之所系也，安得有心人尽如子者乎？'是时，耕邻方假聚珍板，摹印其曾祖《晋史杂咏》以行，其余所排纂未终，而竟舍之去。……搜其箧，惟《〈尔雅〉郭注溯源》《〈古文论语〉郑注辑本》……"。[3]

丁芸祖上虽无甚功名，但也都勤于著述，丁芸对于祖上著述的收集，可见其家族观念，而其著述之行为也可见家风对于丁芸的影响。

第一节 《闽川闺秀诗话续编》

此节从《闽川闺秀诗话续编》的版本、主旨、资料来源、编纂特色来加以探讨。《闽川闺秀诗话续编》所收女诗人中，有不少人生前有诗集编纂，但绝大多数是有目无集。本节对此情况也做一梳理。

一、版本

蒋寅在《清诗话考》中介绍了《闽川闺秀诗话续编》的两种版本，其一："民国三年（1914）甲寅丁震北京刊本。前有光绪三十四年（1908）戊申四月薛绍徽序、谢章铤撰《丁耕邻墓志铭》，后有光绪二十二年（1896）丙申杨蕴辉跋。"其二："光绪间杨蕴辉抄本一卷，中央党校图书馆藏"[4]另外，据笔者

---

2 （清）谢章铤：《丁耕邻墓志铭》，丁芸：《闽川闺秀诗话续编》，见王英志主编：《清代闺秀诗话丛刊》第1册，第265-266页。

3 （清）谢章铤：《丁耕邻墓志铭》，丁芸：《闽川闺秀诗话续编》，见王英志主编：《清代闺秀诗话丛刊》第1册，第267页。

4 蒋寅：《清诗话考》，中华书局，2005年版，第626页。

查考，中国国家图书馆还藏《闽川闺秀诗话续编》光绪二十二年（1896 年）刻本，10 行 22 字白口左右双边单鱼尾。

二、《闽川闺秀诗话续编》的创作动机和主旨

丁芸之所以编著《闽川闺秀诗话续编》，应该是与以下三个方面有关：

（一）丁母的艰辛抚育对于丁芸早期女性观念的形成

据谢章铤的《丁耕邻墓志铭》记载，丁芸"父早卒。节母杨太安人，苦志抚孤，家以不亡。"[5]可见，丁芸是由节母抚养长大，从小耳闻目睹其母艰辛，这对于丁芸早期的女性观念有着深刻影响，进而影响到了他的撰述观念。

（二）闽地女性观念的进一步突出

随着闽地女性创作的逐渐增多，她们有着越发强烈的对于自身女性身份以及作为女性的创作能力的认可，正如薛绍徽在《闽川闺秀诗话续编》的序中称：

> 晋闽地有姬山，星当女宿；太姥则冈峦群列，螺女则江水弥清。是以江采蘋斛珠慰寂，陈金凤艳曲乐游；孙夫人柳结同心，阮逸女鱼游春水；纵内言不出阃，犹有词翰流传。而女作登于男，实秉山川灵秀。[6]

此段一方面强调闽地女性受了山川灵秀之陶冶滋养，具有天然的才性与天赋，并且历数江采蘋、陈金凤等历史上有创作的女性，以强调福建历来女性创作传统源远流长，基于这两点，丁芸从根本上就对于闽地女性的创作合法性和创作能力加以强调。

（三）弥补梁章钜原作之不足

薛绍徽在《闽川闺秀诗话续编》的序中还说：

> 迨国朝以来，衍光禄之派：黄家姊妹，香草留其遗徽；梁氏妇姑，茝林创为专集。一则备列附编，一则如传家乘，曷若博搜纪载，扬彤管之辉光；细刻茗华，征故乡之文献乎？故耕邻先生有《闽川闺秀诗话》之续焉。

在这段文字，薛沼徽对于梁章钜的《闽川闺秀诗话》不无微词，认为其中大量的梁氏家族女性作品的收录使其有家乘之嫌。因此，更广泛的博采广搜显

5　（清）谢章铤：《丁耕邻墓志铭》，《闽川闺秀诗话续编》，见王英志主编：《清代闺秀诗话丛刊》第 1 册，第 265 页。

6　（清）丁芸：《闽川闺秀诗话续编》，见王英志主编：《清代闺秀诗话丛刊》第 1 册，第 263 页。

得十分重要。此角度凸显出丁芸《闽川闺秀诗话续编》的作用和价值。

因此，杨蕴辉在书后有跋：

> 《闽川闺秀诗话续编》（书后）予向读梁芷林中丞《闽川闺秀诗话》，窃怪中丞殁后，距今且数十年，女士间出擅颂椒咏絮之才、湮没而不彰者不知凡几，何独无继中丞而作者乎？[7]

其实，虽然梁作存在上述所说到的问题，但是，其对于闽地女性诗歌的收集之功也是不可埋没的，而且，其批评主旨、观念也对后来的闽地女性创作有着很大的影响。

三、资料来源

丁芸《闽川闺秀诗话续编》的编纂方式主要为摘录相关资料，并且有的条目加按语的形式出现的。其摘录资料相较于梁作范围有所扩大。

（一）以方志为主的编纂特点

《闽川闺秀诗话续编》中对于女性其人、其事、其诗的资料来源仍有相当大一部分来自于方志。经过具体的数据统计，《闽川闺秀诗话续编》共收 134 人，来自于方志的人为 68 人，占比接近一半。下表是丁芸《闽川闺秀诗话续编》中来自方志中的女性。

表十：《闽川闺秀诗话续编》中来自方志的女性

姓　名	出　处	姓　名	出　处
蔡如珍	《福建通志》	金氏（李柱官妻）	《福建通志》
林氏（陈宗瑶妻）	《福建通志》	谢采蘩	《福建通志》
徐氏（陈廷淮）	《福建通志》	郭祝官	《福建通志》
汪氏（何恒铭妻）	《福建通志》	王贞仙	《福建通志》
郑氏（翁卿材妻）	《福建通志》	李氏（陈某妻）	《福建通志》
潘守素	《福建通志》	张氏（夏辉远妻）	《福建通志》
王璇	《福建通志》	扈氏（邓某妾）	《福建通志》
李蕊馨	《长乐县志》	陈雪榭	《福建通志》
郑徽音	《长乐县志》	施朝凤	《福建通志》

---

7 杨蕴辉：《闽川闺秀诗话·跋》，见王英志主编：《清代闺秀诗话丛刊》第 1 册，第 333 页。

林氏（陈道枚妻）	《长乐县志》	何佳宝	《福建通志》
林氏（林兰馨）	《长乐县志》	吴班	《福建通志》
郭解卿	《福建通志》	丁报珠	《福建通志》
郭雪佳	《福建通志》	戴氏（朱又儒妻）	《福建通志》
爱兰仙	《福建通志》	戴氏（陈廷俊妻）	《福建通志》
黄氏（林锦妻）	《福建通志》	黄静娘	《厦门志》
蔡氏（陈里妻）	《福建通志》	许氏（蓝陈斌妻）	《福建通志》
陈溥娘（陈里姊）	《福建通志》	黄氏（蓝铭瑜妻）	《福建通志》
周梦玉	《福建通志》	诸耀霜	《福建通志》
刘氏（戴达妻）	《福建通志》	刘氏（戴达妻）	《福建通志》
黄昙生	《福建通志》	黄氏（王权室）	《福建通志》
侯氏（周廷谟室）	《福建通志》	王氏（严志振室）	《福建通志》
孙若孟	《福建通志》	郑佩玫	《福建通志》
陈氏（郑兴楫妻）	《长乐县志》	郑氏（陈子基妻）	《长乐县志》
陈氏（高则芳妻）	《长乐县志》	林氏（陈崇好妻）	《长乐县志》
林氏（冯元镇继室）	《长乐县志》	陈氏（黄金榜妻）	《福建通志》
林清璘	《福建通志》	陈齐宋	《福建通志》
翁永官	《福建通志》	郑美宋	《福建通志》
吴氏（林士信妻）	《福建通志》	翁佳宋	《福建通志》
林吴祉	《福建通志》	袁贞姿	《福建通志》
黄氏（林在劼妻）	《福建通志》	扈氏（郑某妾）	《福建通志》
张氏（夏辉远妻）	《福建通志》	陈雪榭	《福建通志》
施朝凤	《福建通志》	何佳宝	《福建通志》
何宁英	《福建通志》	何淑苹	《光泽县志》
吴纫兰	《福建通志》	吕氏（郑朝升妻）	《长汀县志》
吴婉玉	《福建通志》	谢凤珠	《福建通志》

（二）与梁章钜《闽川闺秀诗话》资料来源相比的差异

与梁章钜《闽川闺秀诗话》资料来源相比，丁芸《闽川闺秀诗话续编》的资料有不少的一部分来自地方诗歌总集，如《全闽诗录》等。这是个值得注意的变化，可见地方诗歌总集对于女性诗歌的收录呈上升趋势，正是由于此，丁芸在编纂《闽川闺秀诗话续编》时能够有地方诗歌总集这个重要的资料来源。这一点也体现在《历代闽川闺秀诗话》的编纂中，这一点留待后面梳理。以下是对丁芸《闽川闺秀诗话续编》中的资料来源的梳理。

表十一：《闽川闺秀诗话续编》中来自地方诗歌总集中的女性

卷 数	姓 名	出 处
卷一	徐琇	《闽诗录》
卷一	王镕	《闽诗录》
卷一	袁氏	《闽诗录》
卷一	王桂英	《全闽诗录》
卷一	陈品金	《全闽诗录》
卷三	林少君	《国朝诗综补》
卷三	曾如兰	《杭郡诗续辑》
卷三	王仙姿	《全闽诗录》
卷三	陈琼	《全闽诗录》
卷三	余焕	《全闽诗录》
卷三	李氏	《温陵诗纪》
卷三	陈龙寿	《温陵诗纪》
卷四	张氏	《闽诗录》

其中，《全闽诗录》又名《国朝全闽诗录》，共 32 卷，清代郑杰著。郑杰，侯官（今福州）人，清代学者、藏书家。《全闽诗录》的编纂大约始于嘉庆三年（1798 年）之前，郑杰与友人万世美共谋其事，广搜博采，选录上自有唐，下迄清乾隆间闽诗数千家，卷帙达百余册。

另外，郭柏荫独取明一代之稿，历时四年刻成《全闽明诗传》55 卷，28 册。此书于原稿多有订正。现存《闽明诗录》原稿本 40 册，藏于福建省图书馆。始于张以宁，止于嘉靖朝周天佐，40 册以后缺。唐、宋、元部分书稿后为陈衍所得，陈衍为其补订唐五代、宋、金、元部分，分五集、四十一卷，共八册，名曰《闽诗录》，于宣统三年（1911 年）付梓。现存续墨缘书屋抄本，止唐、宋诗部分，共七册，唐诗二册年，宋诗五册（缺第一册），该抄本藏于福建博物馆。

另外，《闽川闺秀诗话续编》还有一部分是来自于闺秀诗话总集。

表十二：《闽川闺秀诗话续编》来自于闺秀诗话总集的女性

卷　数	姓　名	出　处
卷二	甘和	《闺秀正始集》
卷二	张玉音	《闺秀正始续集》
卷三	陈昆璧	《闺秀正始续集》
卷三	张安娘	《闺秀正始续集》
卷三	戴氏	《闺秀正始集》
卷四	杨淑媛	《闺秀正始集》
卷四	祖凤林	《闺秀正始集》

　　《闺秀正始续集》，共 10 卷。《附录》一卷。《补遗》一卷。清恽珠、程孟梅编辑。程孟梅，生卒年不详，画家、诗人，恽珠之长媳，完颜麟庆之妻。人赞其诗笔"温厚和平"。著《红薇阁诗草》。《正始续集》为恽珠病笃，命其孙女阿莲保收集整理而成的。共选入历代女诗人 593 人，诗一千一百余首。

四、编撰特点

　　与梁章钜《闽川闺秀诗话》不同，丁芸的撰写方式为两种，一为只引用文献材料，二为引用文献后再加以按语。撰写按语有不同的意图和方式，包括对引用作品的资料性补充，对诗人的相关史料补充，对材料的说明，对异文、讹误的考订等内容。（按，在《续编》中，丁芸一般称梁章钜的《闽川闺秀诗话》为"芷邻中丞诗话"）。以下分而叙之。

　　1. 对诗人、诗作的注解性补充

　　卷一，"徐琇"条引其二作《和余席人〈东园即事〉》《和余其人〈东园即事〉》，关于其中的"余席人""余其人"，丁芸有按语："席人，名珍玉；其人，名尊玉，古田人。已见芷邻中丞诗话。"（即梁章钜《闽川闺秀诗话》，笔者注）。[8]

　　卷一，"林云心"，"芸按，蔡氏林云心，《福建通志》未载。女瑛佩，能诗词，已见芷邻中丞诗话。"[9]

8　（清）丁芸：《闽川闺秀诗话续编》，见王英志主编：《清代闺秀诗话丛刊》第 1 册，
　　第 275 页。

9　（清）丁芸：《闽川闺秀诗话续编》，见王英志主编：《清代闺秀诗话丛刊》第 1 册，
　　第 277 页。

卷一，"蔡如珍"条，丁芸按语："烈妇殁后，其同官某之妻闻于老妇而哀之，属其夫醵金以助己，仍出二百金送之。归且立庙，祀之粤中。南海知县仲振履为之填《鸳鸯祠院本》。振履，字柘泉，籍江南，长于倚声。此词尤哀怨动人。卷首有吾乡刘心香士棻题词，谢枚如师调《乳燕飞》书其后，见《赌棋山庄词话》。"10

卷二，"郑绛霞"条，丁芸按语："《吟草》，郑安人浑冰著。安人林楚麓、子亮叔，皆能诗，故中二首云尔。"11

卷三"郑徽音"条之后，丁芸按语："徽音姊嗣隐，有《芷香阁集》，已见芷邻中丞诗话。"12

卷二"朱芳徽"条《谢陈温如女士闺瑜》之诗后，有按语，"温如工诗文，善楷书，怜其贫困，时周给之，故诗语云尔。""孺人年八十，完节终，余与朱姜二姓有连，事迹知之颇详。其诗已刻者毁于火，未刻者无人为之付梓。"13这些是丁芸对于朱芳徽具体情况的进一步介绍。14

此条按语不仅补充了关于朱芳徽的一些生平细节，另外，还说明由于自己与其朱姜二姓有亲戚联系，因此对其事迹有较为详细的了解，这也补充了此条史料来由，以及表达了史料的客观确凿性。

卷二"月邻"条后有丁芸按语："月邻，名氏未详。《射鹰楼诗话》载：侯官林乔云茂才有《和月邻妹〈咏影〉诗》，当即此人，谨志于此，以俟探访。"15

此条女诗人姓名未知，只有其字（或号），尽管材料所限，未能详加考证，但丁芸通过引用《射鹰楼诗话》的诗歌来提供进一步考索的线索。

---

10 （清）丁芸：《闽川闺秀诗话续编》，见王英志主编：《清代闺秀诗话丛刊》第 1 册，第 280 页。

11 （清）丁芸：《闽川闺秀诗话续编》，见王英志主编：《清代闺秀诗话丛刊》第 1 册，第 289 页。

12 （清）丁芸：《闽川闺秀诗话续编》，见王英志主编：《清代闺秀诗话丛刊》第 1 册，第 305 页。

13 （清）丁芸：《闽川闺秀诗话续编》，见王英志主编：《清代闺秀诗话丛刊》第 1 册，第 293 页。

14 （清）丁芸：《闽川闺秀诗话续编》，见王英志主编：《清代闺秀诗话丛刊》第 1 册，第 292 页。

15 （清）丁芸：《闽川闺秀诗话续编》，见王英志主编：《清代闺秀诗话丛刊》第 1 册，第 293 页。

2. 辑录诗歌

在《闽川闺秀诗话中》，丁芸辑录了不少诗歌，这部分诗歌分两种情况：有本条女诗人自己创作的诗歌，也有他人所写的有关此女诗人的诗歌。

前一种情况有"杨秀珠"条，丁芸按语：

> 《筠青阁吟稿》，光绪辛卯新刻，前人诗话并未采及，兹录六首于此：《泰安晓发》："铜壶漏报五更天，灯影铃声远近连。斜月沉沉鸡喔喔，岳光青到马蹄前。""闻道天鸡唱晓风，一轮潮涌海门东。何因日观峰头立，看取扶桑浴浪红。"《扬州怀古》："试作琼花古观游，绿杨城郭认扬州。二分尚剩香街月，十里谁牵锦缆舟？废苑萤飞还自照，荒台人去易生愁。三千殿脚归何处，惟见雷塘碧水流。"《舟中望金山寺》："扬子江头鼓棹还，楼台金碧认禅关。半空塔影斜阳寺，一杵钟声隔水山。宝带门闲环碧浪，妙高峰远耸青鬟。风帆又趁瓜洲去，回望晴峦翠霭间。"《甲午十一月北行，留别芝友大弟》"都门返棹方二载，又报征装踏软红。暂别不须愁寂寂，此行却笑太匆匆。（原注：时于归廿日）关山迢递人难越，鱼雁来回信易通。赋罢《陔华》有余暇，可能为我寄诗筒。"《五十初度感怀》："万里行踪剧自怜，五旬世味任迁延。共姜有志愿知命，伯道无儿可问天。暂借诗篇娱苦节，只将冰雪换流年。回头更触发伤心事，肠断南滇与朔燕。"[16]

此段按语起到补充女诗人作品的作用，通过阅读以上诗歌可以看到，女诗人杨秀珠多有行旅诗歌，所行之地有泰安、扬州等。另外其《五十初度感怀》末句提到了"肠断南滇与朔燕"可见行旅范围之广。这些为了解女诗人生活内容提供了视角。

卷二，"郭仲年"条，丁芸按语：

> 《继声楼集·月夜和拾珠妹诗》云："一轮邀我启窗纱，泯泯江城北斗斜。聚散从来难自料，乱离何事不堪嗟。半生岁月随人速，万里家山入梦赊。记否鳌峰深院里，雨宵闲坐剪灯花。"又《送十妹之汉阳》云："巷柳毵毵拂面时，院门寂寞雨如丝。青山正对离筵立，流水空添客子悲。莫是酒多都化泪，岂因春尽便无诗？计程此去江

---

16 （清）丁芸：《闽川闺秀诗话续编》，见王英志主编：《清代闺秀诗话丛刊》第1册，第301页。

湖路，梦寐相寻尚有期。"十妹，陈伯双表叔之夫人，陈伯双表叔之夫人，洛如之外姑也，能诗工篆[17]。

卷二，"朱芳徽"丁芸按语：

> 朱孺人为菽原锡毂司马犹女。归姜兰雨，早寡，无子；仅遗一女，年十九，未嫁，卒。贫困无依，受聘为闺塾师。有句云："少小耽吟咏，都将寝食忘。岂知垂老景，翻作御贫方。"向静庵煮官闽县，延课其女蕴珍，为刻《吟稿》二卷，然随手抄撮，非其至者。《夜枕不寐作呈倩云诗史》云："读之令人心恻。未刻稿佳作甚多。余尝觅得副本，《挽丁贵徵弟妇》云："冬来雁羽各西飞，缟纻遥将寄绣帷。岂料彩云仙去久，抱琴人自泣斜晖。""轻尘短梦太无端，竟作昙花顷刻观。只恐高堂双白发，抱孙长日泪阑干。"《谢陈温如女士闺瑜》云："迥出红尘绣阁姿，腹罗经笥胜须眉。更钦一搦纤纤手，虎卧龙跳运笔奇。"[18]

以上两则也是对诗歌的辑录和补充。

另外，丁芸还有通过援引他人的品题来表达对某女诗人态度的。

卷一，"邵飞飞"条，丁芸按语：

> 《闺秀正始集》：满洲兆佳氏巩年《题飞飞诗卷》云"多病惜花花黯然，才人幽恨到蛮笺。愁来毕竟憎诗卷，风雨青山叫杜鹃。"[19]

邵飞飞没有被录于《闽川闺秀诗话》，其原因如前文所分析，是邵飞飞的诗不符合儒家温柔敦厚之意，而丁芸通过援引《闺秀正始集》的满洲兆佳氏之作，一方面可见邵飞飞的诗是有一定流传度的，另外一方面可见丁芸所标明的态度，即邵飞飞的身世是应该被加以怜惜，其诗歌风格也不应该被全然否定。

卷三"曾如兰"条，丁芸按语：

> 《国朝诗铎》载，闺媛陈皖永《挽烈妇》：尽瘁十年妇，未亡三载人。倡随原誓死，侍养暂留身。殉节方完节，求仁已得仁。九原

---

17 （清）丁芸：《闽川闺秀诗话续编》，见王英志主编：《清代闺秀诗话丛刊》第 1 册，第 290 页。

18 （清）丁芸：《闽川闺秀诗话续编》，见王英志主编：《清代闺秀诗话丛刊》第 1 册，第 292-293 页。

19 （清）丁芸：《闽川闺秀诗话续编》，见王英志主编：《清代闺秀诗话丛刊》第 1 册，第 279 页。

含笑去，无泪更沾巾。[20]

这里通过对闺秀陈皖永诗作的援引，表达对烈妇的褒扬，称其求仁得仁，更是称其对儒家最核心的伦理道德的履践。

3. 对于梁作的延伸性资料的辑录

这里所谓对于梁作的延伸性资料的辑录指的是，对于梁章钜《闽川闺秀诗话》中已出现过的人物资料作进一步的援引。

如卷三"郑徽音"，芸按：

> 徽音姊嗣音，有《芷香阁集》，已见芷邻中丞诗话。[21]

"郑嗣音"曾在梁章钜的《闽川闺秀诗话》卷出现过，而这里将"郑徽音"单列一条，可见丁作之于梁作的相关性，或者说梁作提供了人物线索，以供进一步辑录。

但是，丁芸记录的人物也存在生平记录不甚清晰的情况。如"王贞仙"条，芸按：

> 贞仙居光禄坊，与齐烈女祥棣对门，间相倡和。烈女道光十八年戊戌夏初，闻大卒，投玉尺山池中死。后二月，贞仙亦死。死时室有红光。侯官郭介平广文《题贞仙遗照》，诗见《消寒录》。[22]

其中，"齐烈女祥棣"曾选入梁作，而这里辑录的是齐祥棣的邻居王贞仙，并且两人曾"间相倡和"。并且提到了齐氏死去之后，"贞仙亦死"，但这里并没有提及其死因。值得进一步考索。

4. 异文、讹误的考订等内容

卷二"王贞仙"条，称王贞仙"许字郑瀛洲"，而丁芸加按语为"《消寒录》云：'许字邹氏子。''邹'疑'郑'误"[23]。此处可见丁芸与他本相对比加以考订。

卷三"戴氏"条

---

20 （清）丁芸：《闽川闺秀诗话续编》，见王英志主编：《清代闺秀诗话丛刊》第1册，第304页。

21 （清）丁芸：《闽川闺秀诗话续编》，见王英志主编：《清代闺秀诗话丛刊》第1册，第305页。

22 （清）丁芸：《闽川闺秀诗话续编》，见王英志主编：《清代闺秀诗话丛刊》第1册，第298页。

23 （清）丁芸：《闽川闺秀诗话续编》，见王英志主编：《清代闺秀诗话丛刊》第1册，第315页。

丁芸按语：《闺秀门》戴氏列入明人，云："名云，副使一俊孙女，敏慧，通诗文。著有《太君诗集》一卷、《唱和集》二卷。……"

这里丁芸也是通过征引其他文献以提供不同说法。

五、诗人有集情况

表十三：《闽川闺秀诗话续编》诗人有集情况表：

	姓　名	集　名	卷　数
卷一	丁氏	《哀弦集》	二卷
	陈品金	《别离泪草》	无
	林佩芳	《寄轩拾余集》	无
	程氏	《纫兰轩吟草》	无
	王璇	《停针论古传述》	无
	汪氏	《绣余草》	无
	卢蕴真	《紫霞轩诗钞》	二卷
卷二	金氏	《检闲吟草》	一卷
	朱芳徽	《绿天吟榭诗草》	二卷
	月邻	《秋香阁遗草》	无
	郑淑娟	《淑娟存稿》	无
	郑瀛仙	《瀛仙馆诗草》	无
	甘和	《韫玉轩诗》	无
	黄氏	《芷兰轩诗钞》	无
卷三	郭解卿	《禅影集》	一卷
	周梦玉	《清宁里集》	无
	丁报珠	《含章诗集》	一卷
	章淑云	《镜花楼稿》	无
	李氏	《栖云楼闺咏》	
	袁贞姿	《闻鹏集》	无
	刘氏	《希行刘氏稿》	无
	戴氏（华葵仪妻）	《绣虎余言》	无
	王瑞兰	《榆塞联吟草》	无

	戴氏（朱又儒妻）	《太君诗集；《唱和集》	无
	郭雪卿	无诗集名	一卷
	爱兰仙	无诗集名	一卷
	李蕊馨	《霜筠轩诗草》《篝灯课子草》	无
	郑徽音	《芷香阁集》	无
	谢氏	有遗集（不知名）	无
	高素芳	《榆塞联吟诗草》	无
	曾氏	《古孝女烈女》	无
	施朝凤	《焚余集》	无
	何佳宝	《绮窗遗吟》	无
卷四	李氏	《栖云闺咏》	无
	谢琳英	《碎企集》	无
	陈海嵩	《幽茵草》	无
	谢凤珠	《竹天集》	无
	魏淑凤	《鸿爪集》	二卷
	吴婉玉	《浣雪集》	无
	朱韶香	《课儿草》	无
	倪氏	《鹂怨集》	无
	官连娣	《留香剩草》	一卷
	何淑蘋	《琴北诗钞》	一卷
	祖凤林	《添香余吟》	无
	何宁英	《青闺偶言》	无
	吴纫兰	《玩芳草集》	无
	黄昙生	《萧然居集》	无
	郑淑止	《蕴玉轩集》	无
	李闺容	《倚柏斋诗草》	无
	朱召南	《湘蘋遗诗》	无

　　以上是丁芸《闽川闺秀诗话续编》中所收录的有目无集者的名单，可见，清代福建女性创作虽多，但保存不多，这也是彼时女性诗歌编集流传的一个普遍的特点。

第二节 《历代闽川闺秀诗话》的编纂特色

一、版本情况

蒋寅《清诗话考》著录：

> 《历代闽川闺秀诗话》5 卷补遗 1 卷稿本（中国社会科学院文学所藏）民国二十九年有可观斋铅印本[24]

> 丁芸撰，中国社会科学院文学研究所藏侯官丁氏家集朱丝栏稿本。每半页十行，行二十二字。后有男丁震民国二十九年（1940）庚辰跋，云："右诗话为先训导公遗著之一。训导公以长乐梁林（应为梁蕳邻）中丞手编《闽川闺秀诗话》，距今数十年，闺阃佳什辄见流传，亟宜及时网罗，庶免散失，爰有续编之作。由国初以迄同光前后，得一百三十馀人，卷数与中承前编相埒。间复自唐至明，随手掇拾，积稿盈帙，即是编所由昉也。体例大抵同于续编，凡所引用之书均经注明，以昭信征。惟分代为卷，与续编不无少异耳。"[25]

另外，据查考，中国国家图书馆藏《闽川闺秀诗话续编》民国十九年（1930年）、民国二十九年（1940 年）刻本，每半页 10 行 22 字白口左右双边单鱼尾。

二、文献来源

丁芸在进行《历代闽川闺秀诗话》的编纂中，一方面仍以方志为重要的编纂来源，另一方面也较多关注了地方诗歌总集，如《晋安风雅》《莆风清籁集》等。

下面对于来自不同资料来源的情况做一梳理。

（一）方志

表十四：辑录自方志的女诗人

卷三	宋	林氏（任道宗妻）	《福建通志》
卷三	宋	张汝玉	《福建通志》
卷三	宋	杨氏（蔡若讷妻）	《福建通志》
卷三	宋	陈璧娘	《福建通志》
卷三	宋	黄淑	《福建通志》

---

24 蒋寅《清诗话考》，第 105 页。
25 蒋寅：《清诗话考》，第 627 页。

卷三	宋	王氏（霞浦）	《福建通志》
卷四	元	李智贞	《福建通志》
卷五	明	刘蕙姐	《福建通志》
卷五	明	甘氏（薛耀季媳）	《福建通志》
卷五	明	某氏（福州人）	《福建通志》
卷五	明	陈氏（张可信妻）	《福建通志》
卷五	明	林茂卿	《福建通志》
卷五	明	叶氏（王爽妻）	《福建通志》
卷五	明	张氏（汪钦妻）	《福建通志》
卷五	明	周玉箫	《福建通志》
卷五	明	方氏（周闻妻）	《福建通志》
卷五	明	周庚	《福建通志》
卷五	明	郭氏（潘维城妻）	《福建通志》
卷五	明	林氏（张泌夫妻）	《福建通志》
卷五	明	潘氏（苏文昌妻）	《福建通志》
卷五	明	叶氏（苏国玮妻）	《福建通志》
卷五	明	林氏（吴景唐妻）	《福建通志》
卷五	明	佘端谣（明某妻）	《福建通志》
卷五	明	陈小韫	《福建通志》
卷五	明	姚氏（陈文绣妻）	《福建通志》
卷五	明	黄唯	《福建通志》
卷五	明	张氏（盛问智未婚妻）	《福建通志》

通过上表可以看到，来自《福建通志》的女性为 27 人，宋 6 人，元 1 人，其余为明人。

（二）地方诗文总集

明清时期福建有为数不少的地方诗文总集的编纂（见第一章第二节），其中有代表性的为《晋安风雅》和《莆风清籁集》。《晋安风雅》十二卷，明万历间徐𤊹编，成书于明万历二十五年（1597 年），收录明初至万历年间福州一郡 263 位已殁和在世者 1424 首诗歌。《莆风清籁集》六十卷，清莆田郑王臣编，辑录兴化府梁陈时期郑露以后迄清代自仕宦至方外、闺秀之诗，以及集句、无名子、石刻、谶语、杂谣、神异、鬼物诗若干，五十四卷以下并及仙游县，全书著录者凡约 1062 人 3247 首诗歌，是福建地方诗歌总集中卷数最多，收诗时间范围最长，搜集最全面、编纂体例最为精善的有关一郡一邑的诗歌总集，初刊后曾一再重版。下面对《历代闽川闺秀诗话》出自这两部地方诗歌总集的女性做一梳理。见表十五、十六。

表十五：来自《晋安风雅》的女诗人

卷五	明	陈氏（林世吉妻）	《晋安风雅》
卷五	明	邓氏（郑坦妻）	《晋安风雅》
卷五	明	林氏（马燮妻）	《晋安风雅》
卷五	明	王虞凤	《晋安风雅》
卷五	明	朱氏（林鸿妻）	《晋安风雅》

表十六：来自《莆风清籁集》的女诗人

卷五	明	陈蕙卿	《莆风清籁集》
卷五	明	林淑	《莆风清籁集》
卷五	明	朱玉耶	《莆风清籁集》
卷五	明	徐淑英	《莆风清籁集》
卷五	明	徐德英	《莆风清籁集》
卷五	明	黄幼藻	《莆风清籁集》
卷五	明	林氏（俞近臣妻）	《莆风清籁集》
卷五	明	周庚	《莆风清籁集》

由以上两表可见，出自《晋安风雅》的女诗人有 5 人，出自《莆风清籁集》的女诗人为 8 人。总而言之，《历代闽川闺秀诗话》收录的女性诗人来自方志为最多。

三、选编主旨和撰述方式

（一）选编主旨

在丁芸之子丁震所作的《历代闽川闺秀诗话》的跋中，可看到此作对于前作的延续性："训导公（丁芸）以长乐梁蔷林中丞手编《闽川闺秀诗话》距今数十年，闺阁佳什辄见流传，亟宜及时网罗，庶免散失。爰有续编之什由国初以迄同光前后，得一百三十余人，卷数与中丞前编相埒，间自唐至明，随手掇拾，积稿盈帙，即是编所由昉也。体例大抵同于续编，凡所引用之书，均经著明，以昭信征，惟分代为卷，与续编不无少异耳。"[26]

通过此跋可见，《历代闽川闺秀诗话》的选编动机和主旨仍然是承继梁章钜《闽川闺秀诗话》和丁芸前作《闽川闺秀诗话续编》而来。并且，此作之所以被纂集，是由于前作完成之后，仍有不断被发现的闽地女性作品；此跋还说明《历代闽川闺秀诗话》的体例同丁《闽川闺秀诗话续编》，另外此书分卷是按照朝代，这一点不同于《续编》。

（二）撰述方式

丁芸的撰述方式与风格和梁作不同，梁作注重个人选编旨向，而丁作注重资料的客观呈现。在《历代闽川闺秀诗话》中，丁芸的按语类型与《闽川闺秀诗话续编》大体相似，我们还是分类叙之：

1. 对引用作品的资料性补充

引用的资料往往有未尽之处，丁芸利用自己掌握的资料加以补充。如梅妃的资料中提到了梅妃有"萧，兰，梨园，梅花，凤笛，玻杯，剪，绮窗八赋"，而在后面的按语中，丁芸则对于此八赋的保存流传情况加以注明：

> 芸案：萧兰八赋皆佚，惟《楼东赋》存。赋曰："玉鉴尘生，凤奁香殄。懒蝉鬓之巧梳，闲缕衣之轻练。苦寂寞于蕙宫，但凝思乎兰殿，信摽落之梅花，隔长门而不见。……"。

丁芸提到了梅妃的作品惟《楼东赋》留存，并且将此赋内容予以援引。

类似的还有，引述五代陈金凤资料之后，丁芸对其《乐游曲》保存流传情况的考订：

> 芸案：明末，高盖山农人掘地得一石匣，启视有钞书一帙，为陈后金凤传，不著作者姓名。王永启急往索归，参之史乘诸书始末多不异，与徐兴公订正之刻以行世，《乐游曲》诸家选词概未之及，康熙间录入《御选历代诗余》，闽县叶小庚先生撰天籁轩《词谱》《闽词钞》并置此，不登殆一时失检也。[27]

在这段按语中，丁芸对《乐游曲》在后世作品选中的选录情况作了说明。

---

26 （清）丁芸：《历代闽川闺秀诗话》，民国二十九年（1940 年）刻本，中国国家图书馆藏。

27 （清）丁芸：《历代闽川闺秀诗话》，民国二十九年（1940 年）刻本，中国国家图书馆藏。

2. 对于诗人的史料补充

卷三中有对于张汝玉的记录：

> 《福建通志》，张氏，提刑翀女，识书史，工诗词，兄尚书镇为作志铭曰："女弟五十娘名汝玉，字季纯，雅好书传，记览不忘，余从师汝玉，亦偕肄业，人以女博士目之。治监国史研朱雠校，手自钞录，时道古今兴废，有老书生所不能及，作诗词尤工，许适同郡李昌朝，未及家门构祸，考姚继捐馆舍，而昌朝亦弃世，汝玉贞心快快，竟以殒命。尝阅女传，见有德者则掩卷叹曰：'吾安得他人而事乎'其趣尚如此，呜呼女子之能力学作词近古不多见，天既赋以异禀，乃使婴此百罹消阻顿挫不得遂其志，何也？"[28]

这段材料出自方志，丁芸通过援引墓志铭的方式来描述传主生平特点。女诗人学博好德，但生平不幸，心快殒命。此条材料下面出现的按语是：

> 张氏墓在福州，乾隆甲戌夏，水潦圹坏露铭砖，族人修窆之。[29]

可见，丁芸将方志中的描述和现实的记录联系在了一起，更显其信实。

另，卷五邓氏（儒士郑坦妻）条后丁芸按语：

> 邓氏有贞节坊，在安民巷，嘉庆间建，见《闽都记》。[30]

丁芸通过征引文献说明其牌坊所在地点，详其信实。

另，《福建通志》：

> 侯官张可信妻陈氏，进士张利民母。素耽书史，能诗。年二十四夫亡。恻怛守节，课督茕孤，严甚。常以诗自勖，且以戒子。
>
> 芸案：陈孺人墓在二十六都田中。[31]

此条按语注明了陈氏之墓所在地，同样以示信实。

再如《福建通志》：

> 刘氏，闽县指挥使胡上琛妾，丙戌三关下，上琛奉母长乐，与

---

28 （清）丁芸：《历代闽川闺秀诗话》，民国二十九年（1940 年）刻本，中国国家图书馆藏。

29 （清）丁芸：《历代闽川闺秀诗话》，民国二十九年（1940 年）刻本，中国国家图书馆藏。

30 （清）丁芸：《历代闽川闺秀诗话》，民国二十九年（1940 年）刻本，中国国家图书馆藏。

31 （清）丁芸：《历代闽川闺秀诗话》，民国二十九年（1940 年）刻本，中国国家图书馆藏。

> 妾还郡曰："吾行殉国矣，"蕙姐曰："妾何难寻主乎城下。"之晨，
> 具汤沐，煮钩吻酒以待。少间，上琛衣冠束带坐堂上，妾西向坐。
> 举酒先饮，引满而绝。上琛亦举三觞而卒。
>
> 芸案，刘氏死时年二十，胡上琛《明史》有传，国朝赐谥节愍。
> 32

此条按语说明了刘氏死时的年龄，另外补充了刘氏的丈夫胡上琛的生前情况，通过其重要关系的人来说明刘氏的身份。

3. 通过多种资料的印证来细化女诗人生平

关于徐彩鸾：

> 《闽书》：徐彩鸾字叔和。浦城人。适邑士李文景。每诵文天祥
> 六歌为感泣也。元末青田贼寇浦，彩鸾从父嗣源逃山谷间。贼欲害
> 之，彩鸾前曰，"宁杀我。"道得释。彩鸾语嗣源曰，儿死之，父必
> 速去。贼拘彩鸾至桂林桥，拾炭题壁间曰："惟有桥下水，照见妾心
> 清。"遂骂贼投桥下。贼竟出之，既乘间复投水没。
>
> 芸案：《南浦诗话》引浦城旧志作"惟有桂林桥下水，千年照见
> 妾心清"。又案，郑旼《徐彩鸾贞节诗》叙述颇详："妾生徐门女，适
> 为李氏妻。升堂拜姑舅，入室尽姆仪。嗈嗈鸾凤和，瞬息三载妻。
> 生女方七月，乳哺娇且痴。青田贼尘起，啸众南浦涯。遁逃遭掳掠，
> 能以礼自持。儿夫中鎗血淋漓，阿爷被执命如丝。重嗟祖母年及稀，
> 苟无我爷将畴依。桂林之水清涟漪，妾代以死焉敢辞。"

可见，对于徐彩鸾的资料印证，丁芸先引《闽书》以详其基本生平以及引其诗句。后又援引《南浦诗话》加以进一步佐证。

4. 异文、讹误的考订

"申屠希光"条之后，丁芸按"申屠，复姓。《福建通志》作'申氏，名屠姑'，误也。"[33]

卷五所引："刘蕙姐"，丁芸按"《全闽明诗录》'姐'作'娘'"。[34]

---

32 （清）丁芸：《历代闽川闺秀诗话》，民国二十九年（1940 年）刻本，中国国家图
书馆藏。

33 （清）丁芸：《历代闽川闺秀诗话》，民国二十九年（1940 年）刻本，中国国家图
书馆藏。

34 同上。

　　以上两条是针对姓名之讹误作出的考订。

　　"林玉衡"条

　　　　《全闽诗话》：林玉衡字似荆，福清人，林初文孝廉之女，倪方伯之孙廷相之妻，幼聪敏，喜读书，初文爱而课之。七岁时初文建小楼落成，值雪后月，命之吟，应口即成一绝云，梅花雪月本三清，雪白梅香月更明。夜半忽登楼上望，不知何处是瑶京。长老传诵，皆为惊叹。他诗多不存。

　　芸案，林氏前明人，芷邻中丞诗话列入国朝，误也。[35]

　　"徐德英"

　　芸案，徐德英，前明人，闺秀正始集列入国朝，芷邻中丞诗话仍之，误也，德英姊淑英亦能诗，中丞诗话不录，岂未见《莆风清籁集》耶？[36]

　　以上是针对诗人所处朝代作出的考辨。

四、诗人有集情况

表十七：诗人有集情况

卷　数	姓　名	集　名	卷　数
卷三	李智贞	《静方集》	未注明
卷四	王虞凤	《罢绣吟》	未注明
	邓氏	《风教录》	未注明
	黄幼藻	《柳絮编》	未注明
	叶氏	《寄愁集》	未注明
		《释愁吟》	未注明
	徐淑英	《贞蕤堂集》	未注明

　　以上是《历代闽川闺秀诗话》中的诗人有集情况，相互对比与《续编》相比要大大减少。

35　（清）丁芸：《历代闽川闺秀诗话》，民国二十九年（1940年）刻本，中国国家图书馆藏。

36　（清）丁芸：《历代闽川闺秀诗话》，民国二十九年（1940年）刻本，中国国家图书馆藏。